긴 강에
띄우는
엽서

긴 강에 띄우는 엽서

서림문학 창간호 - 2015년 봄

지은이 김향남 외
펴낸이 이종록   펴낸곳 스마트비즈니스
스태프 형유라, 김희원
등록번호 제 313-2005-00129호   등록일 2005년 6월 18일
주소 서울시 마포구 성산동 293-1 201호
전화 02-336-1254   팩스 02-336-1257
이메일 smartbiz@sbpub.net
ISBN 979-11-85021-08-9   03810

초판 1쇄 발행 2015년 2월 5일

서림문학
창간호

2015년 봄

건강에 러우는 엽서

| 김향남 외 지음 |

Sb
smart business

서림문학 창간에 뜻을 함께하며

· · ·

서봉의 숲,
비상하는 학처럼

- 이향아(전 호남대학교 국어국문학과 교수, 시인)

여기 주목할 만한 대한민국의 문인들이 모였습니다.

이들이 문학회를 구성하고 그 첫 번째 작품집 《서림문학樓林文學》을 발간하게 되었습니다.

이들은 모두 호남대학교 국어국문학과 졸업생들입니다. 그러므로 문학회의 이름을 처음 지으면서, 서봉樓鳳과 쌍촌雙村에서 한 자씩 따서 서촌문학이라고 하면 어떻겠느냐는 의견도 있었습니다. 그러나 요즘 서울의 북촌과 서촌이 부쩍 인구에 회자되면서 우리들의 의도가 잘못 전달될 수도 있을까 봐 염려되었습니다. 궁리한 끝에 '서림문학'이라 정하게 된 것입니다.

서림문학 회원들은 30여 년 전에 "호남대학교 국어국문학과 학생입니다."라 말했었고 지금은 "호남대학교 국어국문학과를 졸업했어요."라고 말하는 사람들입니다. 그러나 물론 이들은 현재 호남대학교에 국어국문학과가 없다는 사실도 알고 있습니다.

친정이 없어진 것처럼 의지할 데가 없어 쓸쓸하지만 그래도 서림문학 동인들은 호남대학교 국어국문학과 졸업생임을 끝끝내 주장할 수밖에 없습니다. 타고난 핏줄을 부정할 수 없는 것처럼 호남대학교는 이들의 영원한 모교이기 때문입니다.

1982학번의 제1회 졸업생부터 참여한 이들 구성원들은 재학 시절부터 〈아카사니〉 문학동아리의 회원이었고 혹은 〈이삭문학회〉의 회원이었습니다. 이들이 끊임없이 문학의 불씨를 간직하고 스스로 움을 틔워 이렇게 훌륭히 개화한 것을 보면서, 문학의 생명본능발생설을 재확인하게 됩니다. 문학은 살아 숨 쉬는 자들의 존재확인 행위입니다. 거기에는 아무런 실리적 타산도 개입될 수 없고 오로지 순수한 표현만이 있을 뿐입니다. 지금 우리는 그동안 공연히 긴 시간을 침묵 속에 허송했음을 후회합니다.

그러나 이번 서림문학 창간호는 그야말로 창간호이기 때문에 아직 참여하지 못한 사람들도 많이 있습니다. 앞으로 시간이 지날수록 회원들이 모여들 것이니 서로 격려하여 발전에 발전을 거듭하기 바랍니다.

《서림문학》은 학이 그 상서로운 날개를 펼치고 청천을 날듯이 이제 비상을 시작하려고 합니다. 광주시 서봉동과 쌍촌동 추억의 교정을 선회하면서 삼군의 위세도 꺾을 수 있는 문필의 한 획을 긋기 위해 힘을 모을 것입니다. 그리고 모교 호남대학교의 발전을 위해 노력할 것입니다.

서림문학회가 그 첫 번째 결실을 진설하는 날, 오늘은 참으로 의미 있는 날입니다. 목청을 돋우어 축하하고 싶습니다.

오늘의 서림문학회가 움트게 된 밑바탕에는 우리 국어국문학과의 교수님들, 특히 수필가 정주환 교수님과 시인 국효문 교수님의 지속적인 관심과 조언, 교육적인 배려가 있었음은 물론입니다. 서림문학회는 과거로부터 현재 그리고 미래에까지 우리들의 사랑, 우리들의 우정, 우리들의 관계를 싣고 출발하게 될 것입니다. 의미 있는 이 항해가 순조롭게 목적지에 기항하기를 진실을 모아 기도합니다.

벌써 유명을 달리하신 안동주 교수님과 윤여송 교수님께 삼가 머리 숙여 명복을 빕니다.

긴 강에 띄우는 엽서

서림문학 창간에 뜻을 함께하며

• • •

글의 인연으로 얻은
축복이 계속되기를

– 정주환(전 호남대학교 국어국문학과 교수, 수필가)

세상이 혼미스럽다. 저잣거리엔 담론이 홍수를 이룬다. 이런 저런 말에 귀 기울이다 보면 정작 나 자신의 정체성이 흔들리게 된다. 개중에는 자기 자신도 모르면서 감정에 휘말려 떠들어 대는 사람도 있고 어떤 이는 속임수로 상대를 침을 튀기며 칭찬하는 무리도 있다.

이런 삶에서 벗어나는 일은 자신을 성찰하고 고전을 접하는 일이다. 여기에 글을 쓴다는 것은 기품을 갖추는 일이다. 글을 쓰기 위해서 감미로운 햇살에 몸을 맡기고 침잠의 시간을 갖는다. 나 자신의 정체성을 찾기 위해서다. 침잠의 시간이 흐르다보면 내 마음속의 기심機心이 일어난다. 기심은 분별하고 헤아리는 마음이다. 시간이 흐르면서 사물의 이치와 상응하게 된다.

글을 쓴다는 것은 마음의 치유이기도 하다. 글과 사람이 이원화되는 것은 올바른 자세가 아니다. 글이 내가 되고 내 삶이 글이 되어야 한다. 나와 글이 일원화될 때 맛있는 인간으로 승화된다. 거짓과 티끌이 많은 삶, 허물에 물들여 있는 자신의 삶을 깨닫는 것이 글쓰기의 보람이다.

언어라는 것은 불완전하다. 한 언어가 탄생될 때 환경과 장소, 상대방과의 감정 거리와 관계성을 갖게 된다. 그런데 그것을 몇 자의 문자로 전달한다는 것은 결코 쉬운 일이 아니다. 이런 불완전한 도구로 의사를 전달하는 것이 글이다.

그래서 공자는 "글은 말을 다하지 못하고, 말은 뜻을 다하지 못한다."고 했다. 염화시중拈華示衆의 미소가 바로 그런 것이다. 진리는 언제나 언어를 초월하고 깨달음은 언어의 벽을 허물어 낸다. 그것이 입상진의立像盡意다. 말로 참 뜻을 전할 수 없기에 상像을 통해서 참 뜻을 전달해야 한다. 이런 글이 좋은 시요, 좋은 수필이다.

아무튼 반갑다. 세월이 얼마만인가. 글을 통해서 별리된 인연들과 접할 수 있다는 사실이 훈감스럽다. 이 또한 글의 인연 아니면 얻을 수 없는 축복이다. 캠퍼스를 떠나 사회인으로 살아가면서 글을 쓰고 마음을 다독이면서 살아간다는 그 자체로서 의미 있는 일이다. 오늘을 계기 삼아 한국의 대문호로 발전하기를 거듭 바란다.

긴 강에 띄우는 엽서

서림문학 창간에 뜻을 함께하며

· · ·

세월이 가도
청춘의 꿈은 영원합니다

- 국효문(전 호남대학교 국어국문학과 교수, 시인)

여러분 반갑습니다.

그동안 제각각 활동을 하던 호남대 국어국문학과 출신 문우들이 한자리를 마련하여 문집을 만들게 되었다니 진심으로 기쁩니다.

저도 긴 세월 호남대학교에서 여러분과 함께 문학을 가르친 한 인연으로 누구보다 기쁜 마음으로 축하의 마음을 담아 보냅니다. 지금은 학교를 떠나 있지만, 제 마음은 항상 호남대학교 교정에 머물러 있습니다.

벌써 추억의 한 페이지로 남았지만, 날마다 드나들던 학림관을 비롯하여 도서관 뒤뜰과 옆길을 돌며 사색을 하고 운동장 앞으로 멀리 보이는 황룡강을 바라보면서 여러분의 청춘의 꿈을 보아 왔습니다.

이렇게 문학의 장을 만들었으니 더욱 창작활동에 노력하시어 보람 찬 호남대학교 국어국문학과 문우회를 이끌어 가시기를 항상 기원 드리겠습니다.

서림문학 창간에 뜻을 함께하며

• • •

'문학'에게
감사를

- 김향남(서림문학 회장, 수필가)

　지난여름, 이향아 교수님을 비롯한 몇 명의 제자들이 모였습니다. 그날은 광복절이라 나라의 경축일이기도 했고, 대전 월드컵경기장에서는 방한 중인 프란치스코 교황이 성모승천대축일 미사를 집전하는 날이기도 했습니다. 또한 '세월호'라는 저 잔인한 4월의 충격 속에서 한 발짝도 나아가지 못한 암울한 날들의 연속이기도 했습니다.

　온 나라가 이래저래 들썩이는 가운데 광주의 한 호숫가에서는 작고 고요한, 그러나 새로운 시작을 알리는 큰 너울이 일었습니다. 문학에 뜻을 두고 한 울타리에 모여들었던 동문들이 참으로 오랜 시간을 건너와 비로소 다시 만나게 된 것입니다.

　만나고 보니 생각했던 것보다 몇 배나 더 큰 기쁨이 있었습니다.

만남은 전혀 낯설지가 않았습니다. 함께 공부했던 동기도 있고 처음 만나는 후배들도 있었지만 분위기는 금세 화기애애해져서 마치 학창 시절로 돌아간 듯했습니다. 지연이니 학연이니 해서 우리 사회의 병폐로 인식되는 경우가 종종 있지만 그건 어디까지나 이해타산에 능한 위정자들의 것일 뿐, 우리에게는 아름다운 만남 그 이상도 이하도 아니었습니다. 우리는 다만 문학을 사랑해서 함께한 사람들일 뿐이니까요. 그렇게 〈서림문학회〉가 탄생했습니다.

이제 책이 나오게 되었습니다. 여기에는 시도 있고, 소설도 있고, 수필도 있습니다. 시인이 되고, 소설가가 되고, 수필가가 되어 한 자리에 만난 국어국문학과 동문들이 각자의 소질대로 담아낸 최초의 문집입니다. 문자로 정착된 이 문집에는 그러므로 말 대신 글자로 표현된 우리네의 삶의 무늬, 때론 굳고 때론 무른 삶의 결들이 아로새겨져 있습니다.

문득 유년의 일 하나가 떠오릅니다. 제가 살던 작은 동네에는 간간이 큰 소리가 나곤 했습니다. 놀라 달려가 보면 서로 삿대질을 하며 싸움판이 벌어져 있곤 했는데, 그것을 구경하는 재미가 여간이 아니었습니다. 싸움꾼은 두 사람인데 구경하는 사람은 그보다 몇 배가 많았습니다.

그런데 가만 보면 그들이 던지는 말과 삿대질 사이에는 그것만으로는 알 수 없는 무언가가 늘 끼어 있게 마련이었습니다. 끼어 있던 그것은 미처 말이 되지 못한 채 욕설이 되어 튀었고 주먹이 되어 날

긴 강에 띄우는 엽서

았습니다. 욕설과 주먹 사이에는 그처럼 그들을 흥분케 한 어떤 사연이 분명히 있었을 텐데 말이지요. 사실 그건 거기 모인 모두에게 궁금한 사항이기도 했습니다.

수군수군 여러 말들이 오갔습니다. 저 역시도 빈 칸을 채워 넣듯 그 퍼즐을 즐겼습니다. 어쩌면 말해지지 않은 그것이야말로 그들의 가장 밑바닥에 놓인 진실이 아닐까 열심히 추정을 해 보면서요.

글쓰기도 그와 같다는 생각을 한 건 훨씬 이후의 일이지만, 그 생각은 지금도 변함이 없습니다. 말해질 수 없는 것들의 소슬한 그늘을, 태어남과 동시에 이루어지는 소멸을 글쓰기가 아니라면 도대체 무엇으로 채울 수 있을까 반문해 보곤 합니다.

새삼 '문학'에게 감사합니다. 문학이 아니었다면 이런 만남은 꿈도 꾸지 못했을 것입니다. 그리고 무엇보다 우리 사이에는 이미 진한 우정이 깃들어 있음을 기쁘게 생각합니다. 모두의 앞날에 무궁한 영광이 있기를 바랍니다. 감사합니다.

차례

서림문학
詩

서림문학
隨筆

서림문학
短篇小說

:: 정란희

항아리

여름 한나절

내 나이 서른아홉 살

참 좋겠다

가을 산을 오르다

호남대학교 국어국문학과에 1982년 입학했다. 1994년 「한겨레문학」으로 등단했다. 한국문인협회 회원, 국제펜클럽 한국본부 회원, 성남문인협지회장, 성남예총이사, 계간 「한국작가」 운영이사, 기픈시 동인으로 활동하고 있다. 성남문학상, 경기도문학상, 한국예총상, 경기예술대상을 수상하였다. 저서로는 《분수의 노래》《작은 걱정 하나》외 공저 다수가 있다.

항아리

쓸고 닦고 정성을 먹은
항아리 항상

짜지 않을까
맵지 않을까
오랜 시간 숙성하다
녹아내리지 않을까
걱정이던 시간들 뒤로 하고

적당히 숨쉬며
욕심 없이 햇살 아래
걸러지고 발효되며
긴 세월 견디고 있다

마음 시끄러운 나
항아리 속에 들어가 있으면
적당하게 사람 될까
쓸고 닦고 정성으로 살아갈까

긴 강에 띄우는 엽서

여름 한나절

며칠째
마당 한 귀퉁이 매실나무
사이로
매미 소리 가득하다

살아 있다며
길었던 침묵을 열고
소통하는 시간

나
숨 쉬고 있어
너의 소리 듣는구나

고마운 여름 한낮
배롱나무 고운 꽃잎이
까르륵 웃고 있다

내 나이 서른아홉 살

나이가 몇이냐고 물으면
아득해진다

정신 나이를 묻는 걸까
세월의 나이를 묻는 걸까
잘 살았는지를 묻는 걸까
겨울 산에 타오르던 진달래도 흩어지고
목련꽃 그늘 아래 베르테르 편지는
자꾸만 멀어져 가는데

나이가 몇이냐고 물으면
아득해진다

우리 집 강아지 까꿍이는 열세 살
미혹에 떨어질 마흔이 싫어
오 년이고 십 년이고
같은 말을 반복한다
내 나이는 아직 서른아홉이라고

긴 강에 띄우는 엽서

더 이상 묻지 마라 내 나이는 서른아홉 살

참 좋겠다

구름이었다가
바람이었다가

가끔은
가던 길 멈추고
너였으면 좋겠다

열기로 후끈거리는 아스팔트엔
시원한 고향이 내리고
지친 어깨 갈바람으로 앉아
사랑해야지

구름이었다가
바람이었다가

너였다가

가을 산을 오르다

혼자라는 생각 들키지 않으려
쓸쓸한 바람
가슴에 차오를 때

온몸 던져 뒹굴며
발아래 멈춰 선 밤송이
행여
알아채지 못할까
잎새를 흔들며 떨어지더니

하늘을 향해 두 손 쫙 펼쳐 반기고 있다

그도 모자라
활짝 웃고 있다

혼자여도 동그랗게
지구를 닮아 동그란
미소

가슴에

통통한 벌레 하나 품고도

세상 가득 충만하다

호남대학교 국어국문학과에 1984년 입학했다. 2013년 「애지」로 등단하였다. 장흥에서 장흥
문학, 연문회 동인으로 활동하면서 현재는 장흥 청소년수련관에서 근무하고 있다.

뒤꼍이 붉다

뒤꼍을 만났다
마른 양파와 마늘을 잘 엮어 걸어 둔,
양파의 껍질이 붉었다
담벼락의 담쟁이 한꺼번에 켜진 연등이었다
풋것의 몸뚱이는 붉은 것을
제 안에 담고 있어
햇빛과 시간이 한 호흡인 시차에
일제히 터져 나왔을 터
허드레 가재도구와 연장들이 뒹굴고 있었다
조금 허술하고 흐트러졌으나
쭈그려 앉아 쓰다듬고 싶은 곳
뒷이 없어진 뒤로
마음을 풀어놓는 방법 알지 못한다
수습되지 못한 것 늘 뒤에 있다
많은 말이 남아 있는 뒷
오랜 후에야 되새겨 듣는 말
불콰해진 할머니 쑥대머리 타령조도
정지 뒷문으로 나갔다 눈가를 훔치고 들어오던

긴 강에 띄우는 엽서

엄마의 붉은 눈시울도

장국에 푼 칼칼한 맛의 시작도

붉은 고추장을 퍼내 온 뒤꼍이었고

첫 달거리를 시작한 곳도 과꽃 피기 시작한

어느 가을 그 뒤꼍이었다

※ 2013년 미네르바 겨울호

연흔

누가 물의 흔적을 이렇듯 잘 포개 놓았나

한 겹도 겹치지 않고 스쳐간 내력을

켜켜이 함축한 겹의 시간

규화목 옹이의 흔적도 선명하다

퇴적의 기억이 지층마다 돋을새김이다

사랑을 시작하거나 끝내 놓친 사람도

마음에 파도를 쌓는다는 것

화석 가득한 섬에 들어오니 보인다

설레는 고백이었거나 기쁨의 무늬

돌이킬 수 없는 저녁 쓸쓸한 그림자까지

함몰되거나 뒤틀린 이면

위태한 퇴적층일수록 격렬한 지각변동을

견디어 낸 것이다

용암처럼 뜨거운 화인도

어느 날은 어긋난 결 없이

층층이 아득한 시간을 건너갈까

얼마나 깊고 긴 호흡으로 다듬어야

물결자국 선연한 연흔이 될 것인가

지상에서는 사라졌으나 아직도 뚜렷한

시간을 받아 새긴 경전 한 편

물의 발자국들 저물도록 읽는다

※ 2014년 리토피아 가을호

적막을 옮기다 -공재 윤두서 자화상 앞에서

거울을 들여다본다
탕건이 잘리더니 걸쳤던 관복 간 곳이 없고

오늘은 귀가 사라졌다

아니다, 버린 것이다
탕건을 자르고 옷을 벗자 서로 다름이
낙숫물처럼 다른 골을 따라 흘렀는데
사립 밖 도랑에서는 한 물이다
대숲을 흔드는 비바람이 마음까지 쓸어가지는 못했으니
이제야 문 밖에 내리는

푸른 빗소리를 듣는다

거울 속을 들여다본다
두 눈을 부릅떠본다
형형하게 들어차는 저 빛, 저 눈빛들
사라진 것들 대신 가슴에 묻은 이들이 하나둘 걸어온다

긴 강에 띄우는 엽서

어떤 이는 피가 묻었고 어떤 이는 봉두난발이다, 달려갈 수 없으니
꼿꼿한 송곳으로 돋아 수사자 갈기처럼 뻗치는 수염

귀가 사라졌으므로 두려운가
종내는 흔적도 없이 세상에서 지워질 목소리가
어두운 다락에서 좀이 슬어 퀘퀘한 묵은 종이로 남는 것이
매일 밤 거울 앞에서 쥐의 털을 고른다
빳빳해서 한 치의 어긋남이 없이
내리그어야 할 선

쥐 털을 묶는다

없으므로 더 또렷해지는 문 밖의 소리는
빛의 깊이를 꿰뚫어 줄 것인가
붓끝은 육척 몸뚱이가 갈기를 날리며 달려야
길을 열어 줄 것인가
깊은 밤 거울을 들여다보며 수염을 그린다

뼛속까지 배여 든 적막을 옮긴다

※ 2013년 시산맥 가을호

긴 강에 띄우는 엽서

보름고망

섭지등대에서 만난 칠월 장맛비
바다는 온통 검회색이었다
요동치는 파도가 바위에 부딪힐 때마다
밀려온 거친 물결이 물보라로 흩어졌다
숭숭 뚫린 검은 구멍 앞에서였다
건너편 초지 위에 서 있던 말 두 마리
비에 젖은 갈기를 훑고 가는 바람도
쌓아 올린 검은 돌담 틈바구니에서
휘이잉 소리를 내며 흩어졌다
젖은 등줄기를 털어내지 않고
고개를 숙인 채 무연할 수 있는 것
침묵처럼 서 있을 수 있는 것,
보름고망이라고 했다
들고 나는 바람의 길을 내주는
바람구멍을 담아 온 후 알았다
내가 곰솥 밑바닥처럼 달궈진 때마다
망아지처럼 뛰지 않았던 것은
가슴 군데군데 구멍이 나 있었기 때문이라는 걸

그곳으로 용암 끓던 시간이 잔물결로 흘러들었고
유황가스 같은 자책도 휘이잉 소리로 지나갔다는 것을
누구에게나 그 보름고망이 있었다는 말이다
사는 것은 제 안에 울퉁불퉁한 구멍을 내고
스스로 공명하는 검은 현무암이 되는 일이었다

※ 2013년 애지 봄호

● 보름고망 - 바람구멍, 제주도 방언

긴 강에 띄우는 엽서

오천항*의 공무도하가

길이 끝나는 곳에는 바다가 펼쳐져 있다

더 이상 갈 수 없으니 돌아서 가렴

끝내거나, 돌아갈 수밖에 없는 길은

언제나 비경悲景 이다

모래벌판에 찍힌 백수 광부의 발자국이

비틀비틀 바다로 향하고 있다

그의 술병 속에서 들리는 소리

공후 뜯는 소리인지 비파 소리인지

입 속에 모래가 가득 씹힌다고 생각했을 때

파도가 몽돌을 씻기고 천천히 돌아섰다

공무도하, 이제 나는 공후인이 아닌데

공무도하, 자꾸 공후에 가락을 넣으라는 건지

광부의 뒷모습은 비경 속에서 점점이 섬이다

물수제비처럼 떠가는 공후의 음율

그 음역 어디쯤에 나를 버리면

오천항은 또 하나의 길로 열리려나

섬은 여전히 섬으로 남아 있듯

공무도하, 더 이상 공후인은 없어

돌아 나오는 것만이 길이다
저 푸른 바다의 옆구리를 지나
낡은 방으로 돌아가는 것이다

※ 2013년 애지 봄호

● 오천항 – 국도 7호선 종점

죽방렴

작은 섬마을에 왔다

수면 위에서 일정한 간격의 말목은

들러붙은 굴 딱지로 거칠다

그 밑동은 작살처럼 물 바닥에 꽂혀 있겠지만

깊이를 가늠하기란 어렵다

자리그물 속에서 빨라지는 지느러미와 꼬리의 파장

찢긴 물비늘만 멀리 데려가는 물살

어디에도 없는 출구

파닥이며 닿을 수 있는 곳은

바닥 아니면 수면일 것이다

물결 위로 서녘 빛이 잠겨 오고 있다

망막 뒤편이 어둡고 시리다

길게 쓸려가거나 밀려오는 물그림자

너무 멀리 와 있는 길이 보인다

물목을 따라 가두리에 드는 순간

돌아갈 길이 보이지 않는다

등 굽은 언어들이 멍줄에 걸린다

걸음을 옮길 때마다 굽은 허리처럼

길도 같이 휘어진다

물목이 꽂힌 것인가

띠목을 엮어 놓은 것인가

뺄 수도 없고 더 깊이 박을 수도 없는

작살 꽂힌 마음이

한없이 구부러지고 있다

※ 2013년 시와 미학 여름호

서림문학
詩

:: **안현수**

내 기도는
고해
담쟁이
추모예배
빨래를 널며

호남대학교 국어국문학과에 1987년 입학했다. 1997년 호남대학교 국어국문학과 석사학위를 받고, 2012년 전북대학교 국어국문학과 박사과정을 수료했다. 1997년 「현대문예」 신인상으로 등단했다. 광주문협 시분과 회원으로 활동하면서 현재는 호남대학교 한국어학과에서 강의하고 있다.

내 기도는

늘 달라고만 울부짖는 내 기도는
하늘에 닿지 못할 것이다
차라리 미치도록 절절하게
사랑만 하다 죽을 일이다

고해 告解

나는 가라지였다

추수 때까지 부여받은 시한부 삶임을

인지하지 못한 채

어정쩡한 까치발로 키 자랑만 하는

나는 가라지였다

잠들 때를 기다렸다

몰래 덧뿌려진 부실한 씨앗으로

기생하듯 자랐음에도

잠시 뿌리내린 남의 땅

정녕 안식할 수 없음을 망각한

나는 가라지였다

먼저 거두어 불사르게 단으로 묶이게 될

나는 쭉정이였다

담쟁이

할 말이 많은 것이다
잎잎이 담아내는
마음이 아픈 것이다
못내 아쉬운 이별에
속울음을 우는 것이다
그래서 물감 같은 눈물을
뚝뚝 흘리는 것이다
흔들리며 사는 게
뭐 그리 어려운 일이라고
야유하듯 조롱하듯
절박한 생의 절벽에 의기양양 엉긴 채
조용히 물들어 가는 것이다

아슬아슬 줄타기로
손톱 끝 발톱 끝 피가 맺혀도
이 날을 위해 견뎌낸
춥고 아팠던 지난한 여름
벼랑 끝 틈새마다 켜켜이 펼친 이파리

조용히 쓰다듬는 바람

부끄러운 속살 들킨 듯

이내 발그레한 얼굴이 된 것이다

창 밖 세상 그리고

수인처럼 갇힌 나

추모예배

어머니 봉분에 이름 모를 꽃이 피었다

상처 많은 꽃잎들이 가장 향기롭다던

어느 시인의 노래는 수정되어야 한다

그리움이 응어리로 남았다

녹슨 기억력은 혼수상태로

되살아날 기미조차 보이지 않는다

생각 없이 전화번호를 뒤적이다

적당한 이름 하나 발견하지 못해

황망해지던 날

아, 얼마나 뻣뻣하고 회색 냄새나는 삶인가

제대로 사는 게 참 어렵다

적막한 예감은 왜 한 번도 틀리지 않을까

짙은 산 빛으로 물든 스산한 오후

축축하고 불길한 안개를 만난다

내 삶을 연장해 가는 언어는

아프게 유예된 그리움이다

그래서 더욱 아름답지 않은 것은

들키고 싶지 않았다

긴 강에 띄우는 엽서

그때

너는 뒤를 돌아보지 말았어야 했다

기도를 할 때마다 아버지 무릎은 조금씩 부서진다

이제 나는 아름다워질 때까지

절대, 절대로 뒤를 돌아보지 않기로 했다

빨래를 널며

며칠 흐리던 하늘이 반짝 햇살을 내민 날

모처럼 강의가 없어 늦잠을 자고

소파에 뒹굴며 리모컨을 주무르던 내게

아내가 세탁기를 돌려놓고 나가며

빨래 좀 널어 주세요

딱히 시선을 붙잡는 화면이 없어

비몽사몽 채널을 버릇처럼 눌러대다

대답 대신 고개를 끄덕인 기억이 사라질쯤

아 그렇지 빨래

세탁기 가득 엉킨 빨래를 꺼내 바구니에 담는다

절해의 고도와도 같은 좁은 베란다

성냥갑처럼 늘어선 콘크리트 건물

그 창 너머 주차장엔 낯선 차 서너 대

나처럼 시간을 죽이고 있는 이들이 또 있나?

눅눅한 빨래를 툭툭 털어 건조대에 넌다

목 늘어난 면 티 몇 장

무슨 무슨 행사 때 받은 색 바랜 수건들

세탁기도 빼지 못한 땟자국 남은 양말

대개가 아들놈들 옷가지에

아내와 내 속옷 몇 벌

먼지 낀 창문을 타고 넘은 햇볕이

목언저리 간질이는 베란다에서 엉거주춤 빨래를 넌다

빨래를 만지작거리며 베란다 창문에 기대 맛보는

짧은 시간 길고 긴 황홀함

빨래만큼만 나를 내보일 수 있다면

알몸으로 눈부시게

세상을 이야기할 수 있다면

그럴 수만 있다면

아, 매일 이만큼의 빨래를 빨고 널며

아내는 사랑을 혼자서만 챙겼나보다

:: **문창연**

호남대학교 국어국문학과에 1987년 입학했다. 2014년 「인간과 문학」 겨울호 신인문학상으로
등단하였다. 2014년 경기 노동문학예술제 은상을 수상하였다.

성야 聖野

민백마을에서 가는 여름에는

채송화 꽃밭을 스쳐 지나는 일도

백반 한 그릇 비우는 일도

모두 역사임을 믿는다

남아 있지 않음으로 다시 세울 수 있는

민백마을의 성야,

빈 들은 바람이므로 누구에게도

의지하지 않음을 믿는다

지금 민백마을에서는

보리빵 다섯 개와 생선 두 마리가

배고픈 이들을 위로하리라 믿는다

이제 세상을 한 바퀴 돌아오는

민백마을의 길에 앉아

채송화 꽃씨를 손에 받는다

여름이 가는 민백마을에서

하루 한 번은 시들고,

하루 한 번은 부활하는 그녀가

내 가슴속에 움트는

진정, 역사임을 믿는다

향기임을 믿는다

영산靈山을 지나며

백수읍 길용리를 지나면
아른대는 소태산 봄날 배광인 양,
거기 우뚝한 산꼭대기 허공 가운데
누군가 담배 하나 피우다,
이거 세상에서 가장 큰 도넛을
딱, 하나 만들어 걸어 놓았네

거기까지 까치발을 해도 안 닿고
발을 모아 뛰어도 손에 닿지 않으니
산 너머 칠산바다에서 바람 불면
혹 그 둥근 배광이 날아갈까
봄 햇살에 단단히 비끄러맨 듯
거기서 한 발짝도 옴짝달싹 않지만
손오공의 근두운을 잡아타고
저기 둥근 구멍 속으로 날아가면
왕오천축국 가는 길이 거기 있을까

이런 말짱 도루묵 같은 놈!

긴 강에 띄우는 엽서

봄날 아지랑이 같은 허상에서

무슨 길을 찾으려 하다니

이제 배가 고파 눈이 쑥, 들어가

한 달음에 달려가 바다 한 귀퉁일 베어 물면

물장구를 치고 은빛 새우들은

입속에서 막 뛰어 오르려나

허상이 허상의 꼬리를 잡는데

봄 하늘에는 거대한 코끼리 구름 하나가

법성포에서 구시미 앞으로

바다를 건너고 있네

오감도 五感圖

우리 만나 오감五感을 느끼지 못하면
백 번 만난들 무엇을 하랴

목울대까지 저 숨이 차는
북한산 백운대에서 구름을 타고
한 달포쯤 흘러가면
어느 새벽에 닿은 지리산,
천은사 현판 글씨에서 나는
물 흐르는 소리를 들을 일이네

노고단을 돌아 문수사 가는 길에
장돌뱅이로 살까 역마살로 살까
먹고, 마시고, 지지고, 볶자 세월아
세상 산봉우리 중 제일 높은 봉은
이제 지천명知天命의 산봉우리를 넘는 일이네

얼마 전 첫눈이 쌓인 날,
우리 사는 연꽃마을 마당에 나가

여보랑 우리 애들이랑 선잠을 깨워
눈을 뭉쳐 눈싸움을 하고,
객기를 부려 웃통 다 벗고
눈밭에 누워 하늘에서 떨어지는
하염없는 눈송이를 볼 때
여보, 생이 아까워 눈물이 났어

극락과 지옥 다 이승에서 만드는 거라고
이 세상 만지고, 듣고, 보고 하는 모든 것들이
너무도 가슴에 아려 눈물이 났어

손우산

세상은 보이는 곳까지만 세상이듯
길은 걸어서 닿을 수 있는 곳,
거기까지만 길이네

걸어서 월야, 문장 지나
밀재를 넘을 때
새벽 3시, 빗발 간간이 가늘어지고
담배를 물고,
일회용 라이터를 꺼내
불을 붙이네

피어난 한 송이 작은 꽃불아
어느 별에서 온 거니?
그 작고 여린 불꽃이
혹시 빗물에 젖을까,
손을 오므려
우산을 만들어 주었네

그 날 바람 소리가

바다 소리로 들리던 밀재에서

내 손에 핀 한 송이 어린 그 영혼이

바람에 날아갈까,

두 손을 모아

감싸 주었네

전기구이 통닭

통닭 한 마리 굽는 일이

한 사람을 사랑하는 일과 같아

소금물에 몸을 적셔

노린내를 씻어 내면,

사랑은 우주 하나를

온전히 다 품는 일이므로

거기 레몬즙 한 방울을

시큼 떨어뜨리고,

살얼음이 낄 듯 말 듯

자숙自熟의 냉기가 들고 나면

세상 살아가는 일도

다 나름 맛을 내고

간이 어우러지는 일

그대 불 닿는 곳마다

하아, 달군 몸 구석구석

육즙이 흐르는 소리,

가부좌를 틀고 앉아

빙글빙글 돌아가는

저 뜨거운 한 세상,

뼛속까지 사무치는

훈연의 시간이 가면

모가지를 세상으로 빼고

핏대를 세우던 목청도

이제 노릇노릇 달관하는

너그러움으로 남지 않으랴

꽃 한 송이로 피어나지 않으랴

※ 2014년 경기노동문화예술제 수상작

비와 엽서

이제 장마가 시작되려나 보다
그간 별고 없는 거니, 안부를 묻고
지금 여기는 비가 내려

네가 없는 동안
두 번의 겨울이 가고,
네가 없는 이 자리에서
다시 봄이 가고
지금 모든 것은 무사하고
또 무사하구나, 이제 만기병滿期病은
다 나은 거니, 한 자리에서
책 두세 장은 읽고,
끼니 때 밥 한 그릇은
어찌 다 비우는 거니

하루 백 리를 걸으면
우리는 산을 넘고,
천 번 노래를 부르면

긴 강에 띄우는 엽서

꿈은 현실이 되겠지

그 날 검열인처럼 박힌
우리들의 꿈,
지금은 빗물의 화음에
잠식당하고 있는 것 같아

아니다, 아니다
아직 겨울인 한반도 끝자락에
백일홍으로 핀 장흥에서
너를 만나고 오던 날

웃으며 내가 안에 있고
네가 밖에 있는 것,
같다고 하던 네 말이
자꾸 나를 부끄럽게 했지만
결국 우리에게 안과 밖은
다른 게 아니었지

우산을 쓰지 않고 서서

비를 맞고 있는

어느 날 오후

※ 인간과 문학사, 신인문학상 추천작

긴 강에 떠우는 엽서

:: 이종록

호남대학교 국어국문학과에 1987년 입학했다. 한국시문화회관에서 주최한 월간 「꿈과 시」 신인문학상에 정희성, 조정권 선생에 의해 당선되어 등단하였다. 저서로는 《사랑은 이별로 끝나지 않는다》《사랑이 가까워지면 이별이 가까워진다》 등이 있다.

어머님의 가르침 1

살다 보면 언젠가
모든 것을 잃고
털썩 주저앉을 때가
반드시 한두 번은 꼭 온단다

특히 너가 감당할 수 없는 큰 빚을 졌을 때,
하늘이 무너지는 암담함이 온몸을 덮칠 때,
꼭 이 말을 명심하거라

아무리 신용을 잃고 싶지 않아도
돈이 없으면 신용을 잃을 수밖에 없단다
돈도 없고 갚을 능력도 없다고 해도
절대 도망 다니지 마라
빚쟁이를 피할 수 있는 도피처는
이 세상 어디에도 없단다

단 한 군데가 있는데,
그것이 바로 빚쟁이의 마음이란다

긴 강에 띄우는 엽서

매일 출근하듯이 빚쟁이를 찾아가서

자장면도 사달라고 하고

술도 사달라고 하면서

귀찮을 정도로 얼굴을 보여라

그래야 해결책을 찾을 수 있단다

제발, 꼭

이 말을 명심하거라

어머님의 가르침 2

운전하는 차를 타 보면
그 사람을 알 수 있단다
제발, 꼭
이런 놈들하고는 어울리지 말거라

창밖으로 담배꽁초를 버리는 놈,
아무 데서나 비상 깜박이를 켜고
사람을 내리기 하는 놈,
자신이 어느 방향으로 움직일지를
타인에게 사전에 알려주는
깜박이를 켜는 것에 인색한 놈,
장애인 주차 구역에 주차하는 놈,
길거리에 무단 주차를 즐겨하는 놈,
뒤에 차들이 가깝게 붙어 있는데
워셔액을 뿌리는 놈,
속도를 낼 것도 아니면서
1차선만 줄곧 달리는 놈,
우회전 차선에서 직진을 기다리는 놈,

운전을 거칠게 하는 놈,
과속하는 놈,
운전 중 양보를 받았는 데도
감사의 표시를 하지 않는 놈,
양보하기 죽도록 싫어하는 놈

너가 운전하는 차를 타는 사람이
너의 진가를 알아볼 수 있도록
너는 이들과 반대로 운전하거라

내소사 가는 길

서해바다 변산 근처에는
내소사라는 절이 있습니다
전나무 숲의 오솔길을 걷다 보면
내소사가 나오는 데요,
지친 걸음 멈추게 하는 맑은 약수와
천오백 년 자란 느티나무가
해독하지 못할 문자처럼
그늘을 만들어내고 있습니다

잘 익은 홍시 같은 한줌의 햇살과
푸른 눈물 다 흘려 내 탈색된 단풍에
눈 맞추면
예전에 한 번은 와본 것 같은
착각에 빠지기도 합니다

그럴 때면 그대가 그립습니다
세상 살면서 힘들었던 일,
눈 붉히도록 슬펐던 일,

긴 강에 띄우는 엽서

가슴을 치며 억울했던 일,
그런 이야기들로 거칠어진
그대 입술에
맑은 약수 몇 모금
적셔 주고 싶습니다

살아가는 일이 산처럼 아득할 때,
그 때 내소사에 옵시다
도둑풀처럼 옷깃에 묻어 있는
불안한 의심을 털어 버리고,
꿈길처럼 아득하게 만납시다

그대와 꿈속에서라도
걷고 싶은 길,
내소사 가는 길

그 길 걸으시면
한 천 년 전,

그대 귀밑머리를 흔들던
바람이 다시 불고,
한 천 년 전,
우리의 입술을 적시던
빗줄기를 확인하리라 믿습니다

내가 그 곳에서
그대에게 흘려보냈던
사랑한다는 말 한 마디,
내소사의 바람소리로 그렇게 흐릅디다

긴 강에 띄우는 엽서

아, 엄마!

어머니는 울고 계시는지
눈만 퉁퉁 부어오릅디다
손가락에서 발가락까지
추위나 더위, 아픔이나 기쁨도 모르시는지
잠든 아가처럼 숨만 쌕쌕 쉬고 계시는데요
그걸 지켜보고 있는 내가
그 실핏줄 같은 목숨을 붙들라고
어머니 손을 꼬옥 잡았는데요
어머니는 꿈쩍도 안하시고요
아직 너희들에게서 떠나지 못한다는 말씀처럼
따뜻한 체온만 내내 흘리십디다

어머니 눈은 자꾸만 부어오르고요
닭똥 같은 눈물을
미련처럼 슬슬 흘리시는데요
그걸 훔쳐 내는 손이 덜덜 떨리는데요
그게 꼭, 그 옛날 어머니와 같이 바라보던
새벽별 같고요

아들 잘 되라고 강물에 띄워 보내시던
바가지 속 촛불 같고요
다시는 못 볼 것 같은 이 모진 세상에 대한
더딘 미련 같아서,
그 여윈 가슴 위로 눈물 뚝뚝 흘렸습니다

이게 이 세상에서
마지막 어머니 모습만 같아서,
아직 따스한 살이라도 원 없이 만져볼 욕심으로
한없이 볼 비벼 보는데요.
한없이 비벼 보는데요.
어머니 얼굴 위로 별빛 같은,
후회 같은 무엇인가가 뚝뚝 떨어지는데요……

아! 엄마

긴 강에 띄우는 엽서

:: **김명선**

호남대학교 국어국문학과에 2005년 입학했다. 1998년 「지구문학」으로 등단하였다. (구)서
남일보 (현)도민일보 신춘문예 시 부문에 당선하였다. 광주문인협회 회원으로 활동하고 있
다. 저서로는 《천둥이 되어 날아가길 원했으니》가 있다.

소식

하늘의 푸름을 향해 달음질치다가
처참히 바위에 몸을 부수기도 하다가
지금 파도 속에 잠든 해는
내일이면 다시
바다를 헤치고 떠오르겠지요

잠 속 깊이 사장되었던 언어들이
새벽이면 아무 일도 없었다는 듯이
가슴 먹먹한 말을 건네기도 하지만
오늘은 뜻하지 않게
가까운 이웃의 비보를 듣습니다

나는 기억의 끈을 당기며
혹시라도 잊어버릴까 봐
가만히 그 얼굴을 떠올립니다
아름다운 이의 이름을 지워도 좋은
그런 시간은 아직 세상에 없습니다

긴 강에 띄우는 엽서

불꽃놀이

내 스무 살쯤엔
아마 불꽃놀이를 했었나 봐요

해에 덴 줄도 모르고
까맣게 속을 태우면서
마냥 연줄에 꽃을 줄줄이 달고 가
하늘을 날아다니면

부레가 부푼 물고기들이
공중을 헤엄치다가
부레가 터져 떨어지기도 했지만
불꽃놀이 중 다 피어나지 못했던
남은 불티가 내 눈 안에 숨어 있어서
가끔은 사라진 불꽃이 궁금하기도 해요

아주 풋풋한 사과 볼 안에
해 같이 맑은 사람이 나를 찾아와
가끔은 되뇌어 보는 말들

공기보다 가볍게 날아간

꿈같은 이야기들이 다시 궁금해져요

불면 속의 해

해질녘이면
나팔꽃이며 물옥잠도
잠잠히 눈을 감는다

흐르는 구름도 서서히
구름 층계로 물러나면
황혼이 세상을 물들이고
내 사랑도 꽃잠이 드는가

나는 더듬이를 달고
그대에게로 간다
시간 밖 멀어져 있는 세계
꽃들은 시린 햇살에 피곤한 듯
눈을 감고 싶은데
햇빛이 충전된 밤은
나에게 박쥐의 눈을 달아 주고
엉키어 바뀌는 낮같은 밤에
불면은 헤집고 놀자고 한다

어둠아
꽃 진 자리에 다시 불을 켜렴
해는 지나갔지만
내 사랑은 황금빛
머리를 풀어헤치고 들어선다

그대가 오는 자리가
왜 이리 낯설고 마음 시린지
우린 아무 맹세도 하지 않았는데

미완의 사랑

당신 얼굴에
하루살이 벌레들이
귀찮게 달라붙던
그 날은 정말 짧은 여름이었습니다

불나비도 가로등에 엉겨 붙어
뜨거운 줄도 모르고
몸부림하다가 떨어지면

원형으로 휘는 동그란 마음으로
달빛이 들어서서
흑백사진처럼 선명한 얼굴

몇 해가 지난 후에도
또렷해서
나는 등나무에 기댄 채
타고 남은 그 여름 등꽃으로 내려오고
보랏빛 짙은 밤은

성큼성큼 들어섭니다

그러면
달 금 긋기보다 먼
측정되는 않은 거리에서
영원 속만 같아
지난 길에서 당신을 만나기도
헤어지기도 합니다

가끔은 물그림자로 흔들려서
같이 어룽지면
공간을 잃어버린 듯한 시간 속으로
올해도 지난여름이 더디게 와
불나방이 겁 없이 불 속으로 뛰어듭니다

천사의 나팔꽃으로 핀다면

안데스 끝없는 산맥을 타고
걸어온 당신을 바라보면
황홀하다 못해
심연 속은 파문으로 바람이 일어납니다

나 당신을 연모하면
바람이 불 때마다
트럼펫 불어
아름다운 모습으로
온몸에 전율로 퍼지는
천상의 꽃노래이고 싶습니다

여름내 강열한 햇빛
눈 맞추며
당신 집 시온성 앞뜰
천사의 나팔꽃으로
다함없이 피어난다면

詩 • 김명선

희미하게 낡아지는 저녁녘에

잃은 길 찾듯

혼신을 다해 날리는 향기로

겸손히 고개 숙여 날개 접는

오직 당신을 향해

묵상하는 기도의 꽃이고 싶습니다

:: **김향남**

☆을 훔치다
내 친구 李子
헤드라이트

호남대학교 국어국문학과에 1982년 입학했다. 2008년 「에세이스트」로 등단하였다. 서정
과 서사, 북촌시사, 광주문협 회원으로 활동하면서 현재는 조선대학교에 출강하고 있다.

☆을 훔치다

가만 보니 나는 도둑이라는 생각이 든다. 내가 도둑질을 하지 않고 무구하게 살아온 것은 겨우 예닐곱 살 때까지가 전부였다(사실 그것도 정확한 기억은 아닐 테지만). 그 이후로 나는 줄곧 누군가의 무엇을 훔치곤 했다. 처음엔 언니의 연필을 훔쳤고, 그다음엔 오빠의 지우개를, 그다음엔 엄마 지갑 속의 동전 하나를 슬쩍…… 아무도 눈치 챈 사람은 없었다. 그래도 조마조마했다. 며칠 지나자 그 마음은 어디론지 사라져 버렸다.

심부름을 하고 돌아오는 길, 고추밭 속에 숨어 있는 가지를 보았다. 크고 통통한, 늘씬하게 쭉 뻗은 고놈은 햇빛을 받아 더욱 윤택해 보였다. 도저히 그냥 지나칠 수가 없었다. 몇 발 가다 다시 돌아왔다. 주위는 고요했고 산새들만 간간이 하상기음下上其흡 하는 사이, 내 손

긴 강에 띄우는 엽서

에는 이미 고놈이 들어와 있었다. 흡족한 나는 한 번 더 주위를 살핀 후, 흰 구름 둥실거리는 하늘 밑을 종종거리며 지나왔다.

저녁때 선주 할머니가 우리 집엘 왔다. 대번에 내 심장이 쿵쾅거렸다. 그냥 온 것이 아니다. 그걸 직감한 나는 몸 둘 바를 모르고 허정댔다. 할머니가 뭐라고 숙덕대는지 안 들어도 훤했다. 엄마의 지청구가 길었는지 컸는지는 기억조차 없지만 한동안 집 밖으로 나가지 못했다. 보는 사람마다 도둑년, 도둑년 손가락질 할 것만 같아 가슴을 펼 수가 없었다.

그 사건 이후 나는 더 이상 남의 것을 훔치지 않았다. 간곡한 엄마의 눈빛에서 말할 수 없는 아픔을 느꼈던 것이다. 이제 나는 이전의 그 무구한 모습으로 다시 돌아왔다. 아무것도 욕심내지 않고 바라지도 않았다. 그렇다고 오유지족吾唯知足한 삶의 철학이 다 내 것이었다고 할 수는 없다. 세상은 결코 나 혼자만 만족하고 살도록 내버려 두지 않았다. 세상은 나에게 쉼 없이 요구하고 끊임없이 떠밀었다. 이제 내가 훔친 것은 연필이나 지우개, 가지 따위가 아니었다. 나는 갈수록 더 큰 것을 욕심냈다.

중학생 때였다. 어버이날을 맞아 글짓기 숙제가 주어졌다. 도무지 어떻게 써야 할지 갈피를 잡을 수가 없었다. 부모님께 효도를 해 본 기억도 딱히 없고 감사하는 마음이 샘솟는 것도 아니어서, 쓰자니 한 줄도 잇기 어려웠다. 그래도 숙제는 해야 했다.

언니가 보던 시집이 있었다. 〈한국인의 애송시〉나 〈세계의 명시〉 같은 제목을 달고 있었다. 나는 그 책을 이리 뒤적 저리 뒤적 맘에 드는 구절들을 골랐다. 그것도 한 군데만 뭉텅 가져오면 들킬지도 모르니까 여기저기에서 표 안 나게 살짝 끄집어 냈다. 그다음엔 그것들을 적절히 배열하고 엮어 내는 일을 했다. 낱말과 낱말, 문장과 문장 사이를 오가며 이리저리 꿰맞추어 한 편의 글을 완성했다. 그리고는 하얀 원고지에 정성껏 다시 썼다. 그것은 의외로 재미가 있었다.

다음다음 날, 국어 선생님이 나를 찾으셨다. 손에는 원고지가 들려 있었다. 아뿔싸, 들키고 말았구나. 도둑이 제 발 저린다고 하더니 내가 딱 그 짝이었다. 나도 모르게 얼굴이 붉어졌다. 가슴은 콩당콩당 방망이질을 쳤다.

"이거 네가 쓴 거 맞아?"

원고지를 높이 들고 선생님이 날 겨냥했다. 나는 고개를 주억거렸다.

"짜아식, 이런 재주가 있었어? 최고상이야."

조마조마 숨죽이고 있던 나는 내 귀를 의심했다. 보고 있던 아이들이 일제히 함성을 지르고 박수를 쳤다. 나는 종잡을 수가 없었다. 그럴 리가 없었다. 게다가 선생님은 내 머리를 쓰다듬기까지 했다. 선생님의 말은 더 이어졌다.

"내일 아침 운동장에서 조회할 때 단상에 올라가서 이 글을 읽어야 해. 원고를 줄 테니까 집에 가서 연습해 오도록. 알겠지?"

있을 수 없는 일이었다. 있어서도 안 되는 일이었다. 내가 글을 훔쳐 썼다는 것을 전교생 앞에 포고하라니. 그것도 내 입으로 직접. 내 얼굴은 숫제 백지장이 되고 말았다. 혹시 선생님께서 이미 눈치 채고 날 벌주려고 그런 건 아닐까? 그렇지 않다면야 어떻게 이런 일이 일어날 수 있단 말인가. 노벨문학상이 꿈이라던, 글짓기만 했다고 하면 상이란 상은 죄다 제 것이었던 경미는 어디가고 난데없이…….뭐가 잘못되어도 단단히 잘못되었다. 그렇다면 이제라도 이실직고해야 하는 것 아닐까? 그래, 깨끗하게 양심선언하고 다시는 훔치는 일 따위로 가슴 졸이는 짓일랑 하지 말자.

그러나 나는 아무런 말도 하지 못했다. 우물쭈물 결국 일은 닥치고 말았다. 조회는 시작되었고 몇 가지 순서가 지나간 후 마침내 내 차례가 왔다. 나는 잔뜩 긴장한 채 단상 위로 올라갔다. 노란 햇살이 내 얼굴을 비추고 운동장은 조용했다. 천천히 글을 읽기 시작했다. 내 목소리는 떨렸으나 차츰 가라앉더니 이윽고 낭랑해졌다. 단상에서 내려 왔을 때 나는 아주 착한, 글 잘 쓰는 효녀가 되어 있었고 그리고 일약 스타가 되었다.

내가 스타가 되었다는 것은 우르르 언니들이 찾아 왔다는 것이다. 언니가 한 무리의 친구들을 이끌고 우리 교실로 원정을 온 것이었다. 상급생이었던 언니는 제 동생이 단상에 오르는 걸 보고 몹시 상기되었다.

"으응, 내 동생이야."

"네, 선생님. 제 동생이랍니다."

관심은 넘쳤고 언니의 담임선생님으로부터는 몇 권의 책을 특별히 선물받기도 하였다.

일은 거기서 끝난 것이 아니었다. 나는 걸핏하면 글짓기에 동원되었다. 삼일절, 식목일, 현충일, 제헌절, 광복절, 국군의 날, 한글날 등등 무슨 날이 그렇게도 많은지, 그때마다 애국심에 불타야 하는 곤혹을 지겹게 경험했다. 그런 일을 죄다 나에게 떠넘기는 친구들도 선생님도 원망스럽기만 했다. 그렇게 하려고 선생님은 내 죄를 눈감아 준 것이 아니었을까 싶었다. 남의 것을 훔친 죄가 그토록 나를 옥죌 줄은 짐작도 못했다.

그러나 훔치는 실력만큼은 더욱 늘었다. 책을 읽다가 괜찮은 구절이다 싶으면 밑줄을 그었고 더러 베껴 두기도 했다. 감동해서 그런 것이라고, 그것을 잊지 않기 위해서라고. 하지만 나중에 쓰일 것을 염두에 두었음은 물론이다.

졸업논문을 쓸 때는 아예 짜깁기를 했다. 각주를 달아서 남의 글을 가져왔다는 증거를 버젓이 남기면서도 몇 십 쪽에 달하는 글을 사람들 앞에 통 크게 디밀었다. 남들도 다 그럴 테니까, 하고 지나갔지만 생각하면 얼굴이 홧홧거린다.

지금이라고 다를까. 여전히 나는 훔치기 위해 글을 읽고 내 것인 양 표 안 나게 눙치려고 부지런히 엿본다. 가끔 흉내 내어 글을 써 보기도 한다. 누군가 써 놓은 글귀를 당겨 내어, 내 이야기를 푸는 실마리로 삼기도 한다. 해 보니 제법 스릴도 있고 재미도 있다. 점점 가속이 붙는 것도 같다.

긴 강에 띄우는 엽서

이제 나는 연필이나 가지 따위는 관심도 없다. 그걸 훔치느니 차라리 혀를 깨물고 죽겠다. 도깨비감투가 있는 것도 아닌데 그 따위 빤한 물건을 훔쳐 망신살 뻗칠 일이 뭐 있겠나. 나는 이제 보이는 것을 선택하지 않는다. 보여도 안 보이는 것을 포획한다.

이를테면 밤하늘의 별 같은 것 혹은 당신 가슴속의 심장 같은 것 말이다. 그것들을 향하여 그물을 치고, 서서히, 야금야금, 확! 먹어치울 수 있는 기술을 연마하는 중이다.

내 친구 李子

나는 그를 이자李子라고 부른다. 그는 옥鈺*이라는 이름 외에도 문무자, 매화외사, 화서외사, 경금자, 도화유수관주인 같은 근사한 이름을 몇 개나 더 가지고 있지만 나는 그의 성씨를 따라 이자라고 한다. 그는 나의 친근한 벗이고 또한 나의 지극한 스승이기 때문이다. 내가 부르는 호칭을 그가 썩 달가워하는 것 같지는 않다. 그렇다고 딱히 부정하는 것도 아니어서 이제는 둘만의 은어처럼 사용하고 있다.

이자는 누런 책갈피 속에 살고 있다. 나는 가끔 그를 불러내어 함

● 이옥(1760~1815) : 조선 후기의 새로운 문풍을 대표하는 작가 가운데 한 사람. 정조의 문체반정에 걸려 억압받고 불우하게 지냈으나 남녀의 비극적 사랑을 그린 〈심생전〉을 비롯한 25편의 전(傳)과 시 · 산문 · 희곡 등 다양한 분야에 걸쳐 방대한 작품을 남겼다. 창작에 대한 뜨거운 열정은 물론 자신의 문학 세계에 대한 소신을 결코 굽히지 않았던 그는 봉건사회의 질곡에서 벗어나 참 그대로의 개성을 추구하였으며 인정물태의 다양한 정감을 표현하여 근대적 문학정신에 가교자 역할을 했다는 평을 받는다.

긴 강에 떠우는 엽서

께 산을 오르기도 하고 내려와 뒤풀이를 하기도 한다. 뒤풀이라야 고작 차나 한 잔 마시거나 벤치에 걸터앉아 이런저런 이야기를 나누는 것에 불과하지만 오늘처럼 차를 타고 밖으로 나갈 때도 더러 있다. 그럴 때면 우리는 조금 더 은밀해진다.

이자는 언제나 낡은 두루마기에 갓을 쓰고 긴 담뱃대를 들고 있다. 시대에 동떨어진, 현대와는 거리가 먼 그의 복장이 나는 좋다. 그의 감각이 아무리 열려 있다 해도 그것만은 어쩔 수 없는 모양이다. 차를 타고 바닷가로 소풍을 가는데도 그의 복장은 여전히 똑같다. 달라진 것이 있다면 허리춤에 괴나리봇짐이 하나 더 얹어져 있다는 것뿐이다. 그 봇짐 속에는 보나마나 붓이나 좁쌀책, 호패 따위가 들어 있을 것이다. 노잣돈도 얼마쯤은 챙겼으려나?

그는 잠자코 있다. 내가 아무 말을 하지 않아도 나를 조르지 않는다. 심심하거나 어색하거나 그래서 뭔가를 자분대지 않아도 괜찮다. 그림자처럼 다만 있을 뿐이지만 우리는 즐겁다. 나는 그를 연민한다. 그도 나를 그런 것 같다. 우리는 때때로 의기투합하여 산으로, 들로, 바다로 간다.

이윽고 비스듬히 솟아오른 산이 보이고 짭조름한 바람이 부는 게 보인다. 오늘 우리는 바다가 보이는 멋진 곳에서 점심을 먹고 산 위에 올라 망망하게 펼쳐진 섬들을 바라보며 하루를 보내기로 하였다. 생각만으로도 좋았지만 갈매기 끼룩대는 부두에 서니 정말 좋다. 팔을 벌려 바람을 안고 심호흡을 한다. 물새처럼 날갯짓도 해 본다.

부두에는 가게들이 즐비하고 맑은 수조 속에는 어물들이 싱싱하다. 여기저기서 우리를 부르는 소리가 들린다. 어떻게 아는 걸까? 우리가 여기서 밥을 먹을 거라는 것을. 그렇지만 우리는 모르는 체하고 쓱 지나간다. 오가는 사람들이 우리를 힐끔거린다. 왜 아니랴. 갓 쓰고 도포 입은 조선 양반이 짧은 머리에 바지를 입은 현대의 여자와 나란히 걷는데 눈길이 어찌 딴 데로 가겠는가. 우리는 태연한 듯 겸연쩍은 듯 그냥 걷는다. 출렁이는 물소리와 청량한 바람을 그저 둘 수 없어서, 햇살 나부대는 부두가 마냥 좋아서 뭇 시선에도 아랑곳이 없다.

바람결에 그의 도포자락이 휘날린다. 해는 머리 위에 떠 있지만 가을은 기울고 있는 중이다. 나는 살짝 팔을 건다. 어떻게 그런 마음이 들었는지는 모르겠다. 그는 저어하지 않는다. 남녀가 일곱 살만 되어도 한 자리에 앉지 못한다는 금기의 시대를 살고 있는 그였지만 굳이 싫은 내색은 없다. 나는 그에게까지 내 감정을 숨기고 싶진 않다. 마음 가는 대로 따라가 볼 작정이다.

바다가 보이는 집에서 점심을 먹는다. 예의 그 싱싱한 어물들이 그새 진미로 올라와 있지만 맛은 잘 모르겠다. 맛은 오히려 다른 데 있는 것이 아닐까? 우리를 여기로 오게 한 그 지점 어디, 혹은 쓸쓸한 듯 초연한 듯한 저 눈매 어디쯤……

눈을 들어 바다를 본다. 바다는 푸르게 누워 있다. 그가 술잔을 들

긴 강에 띄우는 엽서

어 내게 권한다. 권커니 잣거니 몇 잔이 더해지고 우리는 기분이 좋다. 목소리가 올라간다. 자, 저 바다를 위하여 건배! 갈매기를 위하여 건배! 그리고 우리의 젊음, 아니 소풍을 위하여 건배! 아니, 우리의 사랑을 위하여 건배! 건배! 바다는 흰 갈기를 날리며 멀어져 가고 우리는 자꾸 술잔을 부딪는다.

취하여 바라보는 세상은 소리 없이 흘러가는 영상 같다. 물결은 출렁대고 갈매기는 날고 햇빛은 부서지고, 누런 책갈피 속에서 걸어나온 그는 바닷가로 소풍을 나와 한 여자와 앉아 있다. 그 여자, 어쩌다 세상 속에 끼어든 그 여자는 발그레한 제 얼굴을 연신 어르고 있다. 평생을 변방에서 살다 죽은 남자와 여태 변죽만 울리고 있는 여자가 함께 밥을 먹고 함께 끼룩거리고 있다.

구성진 가락이 온 산을 휘감고 흐른다. 사-공-의- 뱃-노-래-가-물-거-리-면-삼-학-도-파-도-깊-이-스-며-드-는-데 우리는 계단 돌을 지르밟고 산을 오른다. 바다 가까이 솟은 산은 견고하다. 휘날리는 바람은 쾌적하기 한량없고 우리는 중턱에 앉아 숨고르기를 한다. 아무래도 꼭대기까지 가기는 무리일 것 같다. 이자나 나나 운동이라고는 숨쉬기밖에 한 적이 없으니 바라보기는 쉬워도 오르기는 어렵겠다. 정자로 자리를 옮긴다.

섬들이 보인다. 물빛은 잔잔하고 섬들은 평온하다. 배가 지나간다. 지나간 자리에 흰 포말이 인다. 오던 길을 돌아보니 자잘한 건물들이 느런히 서 있다. 잠잠히 바라보던 그가 괴나리 속에서 붓을 꺼낸다. 역시 못 말리는 친구다. 하긴 저 붓 하나로 버텨 온 삶이었으니 무슨 말을 더 하리오만 나는 그가 딱하다. 그를 생각하면 외골수, 마이너리티, 변방, 소소함, 하찮음, 연약함, 부드러움, 이런 단어들이 떠오른다. 그리고 그것은 내 모습과도 겹쳐지곤 하여서 나 또한 딱하다.

　그는 오로지 문장으로써 출사표를 삼았지만 그것은 입신도 양명도 하지 못할 무용한 것이었다. 출사는커녕 도리어 발목이 잡혀서 끝내 이름 없는 선비로 늙어야 했다. 그랬으면서도 그는 한순간도 붓을 놓지 못한 채 붓과 더불어 살았다. 그 때문에 우리가 여기까지 오게 된 것이긴 하지만…….

　이자는 한때 성균관의 유생이었으나 어그러진 문체 때문에 왕(정조)의 눈 밖에 났다. 그의 문체는 '불경'스럽고 '괴이'하여 규범을 중시하는 당시의 문법과는 거리가 멀었다. 당시의 문文은 재도지기載道之器, 즉 도를 나타내기 위해서이고 도는 나라의 질서이거나 마음에서 갖춰야 할 규범이었다. 그러나 이자에게 도는 관심 밖이었고 기존의 위계질서는 무의미했다. 그를 사로잡은 것은 꿈틀거리는 벌레들의 생생함이나 때마다 빛을 달리하는 꽃잎, 변화 유동하는 물, 참 그대로의 여성, 비루하지만 활기찬 삶의 현장, 그리고 담배와 같은 일상의 자잘한 사물들이었다. 나라와 군주, 신하와 백성, 지조와 절개 같은 거창한 것으로부터는 애당초 비껴나 있었을 뿐 아니라 기존의 질서를 해체해 버릴 위험성까지 감지되었다.

왕의 반응은 민감했다. 개혁을 자처한 호학의 군주였건만, 그가 다스리는 세상에 대하여는 완고했다. 그는 어긋난 문체를 쓴 사람을 색출하여 반성문을 쓰게 했으며, 과거를 금했고, 서적을 단속하는 등의 강경책을 폈다. 여기엔 권력을 공고히 하려는 정치적 계산이 깔려 있었지만 무엇보다도 문학에 대한 명민한 감각 없이는 불가능한 일이었다. 누구보다 지적인 왕은 문학의 효용성 및 가치, 그것이 미칠 파장까지도 너끈히 꿰뚫고 있었다.

이자의 글, 즉 소품문이라 불리는 그러한 글쓰기는 자질구레하고 미미했지만 감성을 자극하기에 충분했고 인간사회에 확장 적용되면 기성의 관념이나 질서는 균열을 가져올 게 분명했다. 그것은 지배이념과의 충돌 가능성을 배태한 불온한 기류였고 자칫 왕권마저도 흔들릴 수 있었다. 문체를 바로잡지 않으면 안 되었다.

왕의 의지대로 사건은 마무리되었다. 피해를 당한 사람도 없었다. 그러나 단 한 사람, 이자가 있었다. 이자의 문체는 끝내 바뀌지 않았다. 몇 번이나 벌과를 받고 먼 곳에 유배까지 다녀왔지만 달라지는 건 없었다. 달라질 수도 없었다. 글쓰기는 그에게 목숨이나 마찬가지였으므로……

이자는 끝내 출사의 꿈을 버리고 고향으로 돌아왔다. 그는 더욱 곡진하게 글을 썼다. 한미한 무반, 게다가 서족庶族을 조상으로 두었다는 태생적 한계에다 문사로서의 소외감까지 더해져 울울했지만, 울울했던 사나이 이자는 제 타고난 대로 글을 쓰며 살았다. 여전히 주변적이고 여전히 자잘하며 여전히 경세적인 것과는 거리가 멀었지만 각각의 소리와 빛깔과 차이들을 발견하고 그와 더불어 공명하면서 그렇게 살았다.

다시 이자를 돌아본다. 이자의 눈매는 깊고 그윽한데 펼쳐진 종이 위에는 벌써 먹빛이 선명하다. 내가 잠시 해찰부린 사이 그는 일필휘지, 글을 써내려가고 있었다. 한 친구는 붓 끝에 혀가 달렸다는 말로 그의 솜씨를 감탄했다는데 과연 빈말이 아니다.

"어디 좀 봐. 뭐라고 썼어? 또 아름답기 때문에 왔다고 쓴 거지?"

내가 짓궂게 묻자 그는 웃었다. 벗들과 함께 모처럼 산에 놀러 갔을 때 쓴 그의 글에는 온통 아름답다는 말로 도배가 되어 있었다. 아침에도 아름답고 저녁에도 아름답다. 맑은 날에도 아름답고 흐린 날에도 아름답다. 산도 아름답고 물도 아름답다. 단풍도 아름답고 바위도 아름답다. …… 아름답다, 아름답다, 아름답다. 아름답기 때문에 왔지. 아름답지 않다면 오지 않았을 것이다.

지금 나는 이자와 함께 있다. 그림처럼 아름다운, 바다가 있고 산이 있고 나무가 있고 바위가 있다. 그는 쓰고 나는 기다린다. 해는 아직 저만치 있다.

긴 강에 띄우는 엽서

헤드라이트

한려해상의 수려한 풍광을 안고 서 있는 통영의 한 리조트. 누군가
는 요리를 하고 누군가는 색소폰을 연주하고 또 누군가는 술을 따르
면서 밤이 깊어 갔다. 문학의 현실, 특히 수필의 오늘을 고민해보자
는 전국의 회원들이 모여 앉아 열띤 토론을 한 뒤다. 나는 자꾸 시계
를 흘끔거리다가 가만히 자리를 빠져나왔다.

벌써 자정이 넘어가 있었고 밖은 고요했다. 왁자한 웃음소리를 뒤
로하고 홀로 빠져나오기란 생각보다 쓸쓸한 일이다. 이놈의 일을 그
만둘 수도 없고 그렇지 않는 한 반쪽짜리 신세를 면치 못할 터다. 오
늘처럼 주말모임(그것도 1박 2일!)이 있을 때면 나는 거의 참석을 못
하거나 한다고 해도 중간쯤에나 들어갔다가 끝나기도 전에 나올 수
밖에 없다. 어떤 직업에나 어려움이 있겠지만 나처럼 사교육에 종사

하는 경우라면 어쩔 수 없이 겪는 일이다. 그래도 반쪽이나마 걸쳐 놓고 집으로 돌아갈 때면 제법 느긋함을 맛보기도 했다. 매번 헤드라이트에 의지하여 어둠 속을 달리는 게 고작이지만 그 틈새가 내게는 가장 호젓한 시간인 셈이었다.

리조트 밖의 공기는 서늘했다. 어둠에 덮인 바다는 아득하게 멀어 보였다. 바닷가를 따라 정히 다듬어 놓은 길이 멀리까지 구부러져 돌아갔다. 나는 잠깐이라도 저 길을 좀 걸어볼까 하다 관두었다. 아무리 해도 끝나지 않을 일에 시간을 다 보내고 늦은 밤 홀로 일어서야 하는 것이 못내 아쉬웠다. 이제부터가 진짜 시작일지도 모르는데……. 하지만 툭툭 미련을 버렸다. 대신 이다음 어느 날, 아직도 해가 중천에 떠 있을 때쯤 이곳에 와서 밤이 깊도록 슬카장 놀다 가리라 마음을 다독였다.

주차장을 향해 리조트의 입구 쪽으로 나오자 건너편 언덕배기에 전에 없던 건축물이 보인다. 멀리서도 눈에 띌 만큼 높이 솟은 그것은 국제음악당 건물이다. 비상하는 새의 형상을 한 음악당의 지붕이 어둠에 싸인 채 푸르스름한 빛을 뿜고 있었다. 세계적인 규모라는 저 클래식 음악당은 예술의 도시를 꿈꾸며 일궈 낸 이곳 사람들의 긍지이자 자부심일 것이다. 천혜의 경관만 해도 이미 명소라 할 텐데 저토록 근사한 공간까지 갖추어 놓았으니, 나는 또 걸음을 멈추고 생각했다. 이다음 어느 날, 한두 시간쯤 운전을 하고 와서 저 음악당 객석에 앉아 한량없는 느꺼움에 취해보리라.

긴 강에 띄우는 엽서

나는 사뿐사뿐 음악당 아래쪽에 있는 공터 주차장으로 갔다. 어둑한 주차장엔 차들이 빼곡했다. 휴가철의 막바지라서 그런지 모르지만 도대체 이 많은 차들은 어디에서 왔단 말인가. 아직 흙바닥 그대로인 주차장은 걷기에 불편했다. 어둠 탓이기도 하고 내가 신은 하이힐 탓이기도 했지만 자잘하게 깔린 자갈들이 그중 걸리적거렸다. 그러나 내내 흙바닥인 채로 있지는 않을 것이다. 공터가 공터 그대로 남아 있는 경우는 별로 본 적이 없으니까. 나는 기우뚱기우뚱 걸어서 차에 탔다. 시동을 걸고 내비게이션을 맞추었다. 지금부터 좀 세게 밟으면 두 시간 후쯤엔 집에 도착할 것이고 씻자마자 바로 누우면 서너 시간은 잘 수 있을 것이다.

헤드라이트를 켰다. 그러나 곧장 출발하지는 못 하였다. 불빛에 드러난 몇 개의 현수막들이 뜬금없이 눈앞을 막아섰기 때문이다. 그것은 혈서처럼 붉고 맹서처럼 굳건해 보였다.

- 생존권을 보장하라

- 강제수용 결사반대

- 단결 투쟁

굵게 흘려 쓴 구호들이 몇 채의 허름한 집들 사이에 넝마처럼 걸려 있었지만 그것을 내건 사람들의 의지만은 분명해 보였다. 옆으로는 〈민박집〉이라고 크게만 써 놓은 글자가 담벼락 가득 붙어 있고 작은 집들은 낮게 웅크리고 있었다. 높이 펼쳐든 날개의 위용 아래 겨우 드러낸 창백한 풍경들이 밝은 불빛에 더욱 뚜렷했다. 검게 솟은 나무 그림자가 지붕들을 덮고 그 틈새로 신음처럼 낮은 음조가 흘러나왔다. 나는 가만히 귀를 기울였다. 아, 음악은 정작 저 어둠의 틈새를 헤매고 있는 것은 아닐까. 검푸른 그늘 속에 소리 없이 매달려 있는 것은 아닐까.

나는 당황스러웠다. 이 아름다운 항구에 저토록 삭막한 광경이 펼쳐져 있으리라고는 생각지도 못했다. 불과 몇 분 전까지만 해도 이곳에 다시 오기를 꿈꾸면서 행복해 했던 내가 아닌가. 그런데 왜 낮엔 저 풍경이 보이지 않았을까. 어두운 풍경은 밤에만 드러나는 것인가? 단꿈에 취했던 나는 잠이 확 깼다. 잘 꾸며진 식당에서 음식을 먹거나 추억처럼 구부러진 바닷가를 천천히 걷거나 편안한 객석에 앉아 음악에 취하는 것. 그런 것들이 어쩌면 누군가의 신음을 외면한 결과는 아닐까 머릿속이 복잡해졌다. 그렇다고 저 붉고 애절한 절규들이 내 발목을 붙잡는 것은 아니지만 쉽사리 자리를 뜨기도 어려웠다. 나는 한참이나 불빛에 비친 현수막과 낮은 지붕들, 그 위로 펼쳐진 푸른 날개를 눈으로 좇다가 퍼뜩 가속페달을 밟았다. 바퀴 아래서 자갈들이 으스러지는 소리가 들렸다.

긴 강에 떠우는 엽서

:: **류향순**

나무가 쓴 편지
자유와 불안

호남대학교 국어국문학과에 1982년 입학했다. 동국대학교 교육대학원 국어교육과 석사과
정을 졸업했다. 도서출판 '답게'의 편집부장으로 다년간 근무하였다. 연지당문학회 동인으
로 활동하고 있다.

나무가 쓴 편지

바닷가 낮은 둔덕 아래 나무 한 그루가 서 있다. 나무는 아직 키가 작고 가냘프다.

꽃잎이 눈처럼 휘날리던 몇 해 전 봄, 그는 묘목을 실은 농부의 경운기에서 떨어졌었다. 그리고 이렇게 돌 틈을 비집고 자리를 잡게 된 것이다.

나무는 바람결에 불어오는 짭조름한 갯내음과 파도소리가 들리는 이 바닷가가 좋다. 밤이면 달빛이 물결 위에 부서지고, 종달새들은 나무의 품속에 깃든다. 바닷가 자갈들이 쇄르륵 쇄르륵 소리를 내며 반짝거릴 때면, 하늘의 별들도 온통 바닷가로 쏟아져 내려온다. 특히 저녁 무렵, 수평선 가득 주홍빛이 물들면 이곳이 애초의 고향인 듯 편안함과 신비로움에 젖곤 한다.

긴 강에 띄우는 엽서

나무는 제 이름도 모르지만 꼭 알고 싶지도 않다. 그는 그냥 나무다.

바닷가 작은 숲의 친구들이 새싹을 내밀기도 하고 예쁜 꽃을 피우고 있는 걸 바라보던 나무는 제 몸에도 앙증맞고 귀여운 꽃들이 피어나고 있다는 걸 몰랐다. 종달새가 톡톡 가지를 흔들면서 장난을 칠 때까지도.

그러나 나무는 늘 무엇인가 그리웠다. 그리고 쓸쓸했다. 나는 어디서 왔을까? 한동안 잊고 살던 옛날을 생각하는 밤이면 자기가 매달고 있던 꽃들이 갑자기 볼품없고 자랑스럽지도 빛나 보이지도 않았다. 나무는 가지를 늘어뜨리고 맥없이 서 있었다. 곁에 누군가 다가오는 것조차 느끼지 못했다.

"야, 이거 멋진 나무네! 바다 가까운 숲에 이렇게 멋진 나무가 있다니……"

소리 나는 쪽을 바라보니 방울모자를 쓰고 코트 깃을 세운 낯선 사람이었다. 그는 가까이 다가서더니 꽃망울을 코끝에 대고 향기를 맡았다. 흘러내린 머리카락 사이로 하얗고 해맑은 얼굴이 귀한 도련님처럼 보였다. 그는 나무 발치에 있는 작은 바위에 앉아 바다를 한참이나 내려다보더니 '휴' 하고 한숨을 지었다. 그리고 납작한 판을 꺼내어 토닥토닥 무언가를 쓰기 시작하였다. 나무는 그가 자판을 두드리고 있는 모습을 가만히 내려다보았다. 그는 쓰는 일에만 열중해서 오랜 시간 입을 열지 않았다. 나무는 그에게 말이 하고 싶었다.

"시인이신가요?"

"아뇨!"

"무얼 적고 있죠?"

"네, 수학이에요."

그는 머쓱해 하며 처음으로 나무와 눈을 마주쳤다.

"저는 이 세상에 수학이 존재하지 않는 세계가 없기 때문에 여러 사람에게 수학을 알리기 위해 책을 쓰고 있답니다."

얼마나 지났을까? 비로소 고개를 든 그는 언덕 너머 통나무집에 며칠간 머무르기로 했다며 고갯마루 아래로 내려가 버렸다.

나무는 그가 사라진 곳을 바라보았다. 바다가 선홍빛으로 물들어오고 있었다. 오늘 처음 본 사람이지만 고독해 보였다. 고독이란 저렇게 고귀한 것이구나. 그에게는 품위가 있었다.

'내일도 저 사람이 또 오겠지?'

나무는 그가 떠난 다음부터 기다리고 있었다.

먼 곳을 바라보는 시선, 꾹 담은 입, 마른 듯 단단해 보이는 몸, 그는 마치 예전부터 오랫동안 만났던 것처럼 마음을 편안하게 하였다.

그러나 그는 오늘로 닷새째나 나타나지 않는다. 해가 솟는 아침마다 언덕 너머 그가 내려갔던 길 쪽을 향하여 까치발을 하고 그의 방울모자 꽁지가 나타나기를 기다렸다.

"혹시 어디가 많이 아픈 건 아닐까?"

그런데 문득 그가 꿈처럼 나무 앞에 다시 나타났다. 며칠 사이 무척 수척해 보였다. 나무는 아무 말도 하지 못했다. 그는 전처럼 나무 발치의 바위에 앉아 커피를 꺼내 마셨다. 나무는 그의 머리 위로 꽃 잎 몇 장을 떨어뜨려 인사를 하였다. 그는 흰 눈을 받는 아이처럼 두 손으로 꽃잎을 받으며 하얀 이를 드러내고 웃었다.

그러나 잠시 후 갑자기 서글픈 얼굴이 되어 말했다.

"난 떠날 거야. 내게 남은 건 내가 쓴 몇 권의 책과 이 노트북, 그리 고 내가 살아가야 할 어둡고 공허한 시간들이겠지! 외톨이지만 슬퍼 하지 않을 거야."

나무는 그의 말을 이해할 수 없었다. 그는 조용히 울기 시작했다. 그의 울음은 나무의 깊은 속까지 전해져 왔다.

"너무 힘들어 말아요! 좋은 친구가 생길 거예요."

"친구? 더 이상 누구의 위로를 받고 싶지 않아. 이제 내 슬픔과 아 픔을 스스로 치유해야 한다는 것을 알았어. 나무야! 바로 너처럼 말 야. 그동안 고마웠어."

나무는 깜짝 놀랐다. '나무야 바로 너처럼'이란 말이 무거운 소리 를 내며 가슴 위에 떨어지는 것 같았다.

"나를 위로하시나요? 저는 여기가 좋아요. 그러나 당신이 있기에 적절 하지 않아요. 떠나세요. 당신의 뒷모습을 바라보며 당신이 있던 자리까 지도 사랑하겠습니다. 당신은 이미 내 깊숙한 곳에 와 있으니까요."

한참 동안 바다를 바라보고 있던 그는 조용히 나무 곁을 떠났다. 나무는 외로워하지 않을 생각이었다. 계절이 아무리 바뀔지라도 그

가 며칠 동안 했던 얘기들은 켜켜이 가슴에 묻히어 든든한 나이테로
스밀 것이다.

자유와 불안

 바람결에 무언가 코끝을 스치는 것 같았다. 이번엔 발등에 무언가 감지가 되는 듯하더니 이내 조용하다. 잠깐 동안의 시간이 흘렀다. 다시 달콤한 잠의 나락으로 빠져들었다.

 얼마나 지났을까? 귓전에서 작은 기파가 느껴진다. 몸을 뒤척여 성가신 느낌을 닦아 내고 싶었다.

 '웨애애애앵'

 소리가 들려오는 순간 나는 내 뺨을 세게 쳤다. 소리가 들려오는 곳이 귓전인 듯도 하고 입가 어디쯤인 것 같기도 했다. 거의 본능적으로 나온 반사행동이었다. 아프다. 너무 세게 쳤나보다.

 '웨애애애앵'

 그러나 녀석은 살아남았다. 나의 어리석음을 비웃고 마치 시위라도 하듯 온 신경을 곤두서게 한다.

'불을 켠다?'

좋은 방법이 아닌 것 같았다.

나는 놈을 잡기 위한 온갖 방책을 떠올리고 있었다. 그런데도 여전히 놈은 꿈쩍도 하지 않는다. 미묘한 긴장이 흐르고 있었다. 놈과 나는 한 치도 양보할 수 없는 대치상태에 있는 것이다.

나는 15~6년 전에 있었던 반포동사건을 떠올렸다. 웃어넘길 수만은 없는 일이다.

그때 나는 방배동의 한 출판사에서 일하고 있었다. 나는 반포 인근에 방을 얻어 살았었다. 박봉의 내가 대학원 공부까지 하려면 교통이 편해야 했다. 고속버스 터미널이 가까운 반포에 방을 얻기란 쉬운 일이 아니었지만 주인에게 몇 번이나 사정을 해서 본채와 떨어져 있는 반 지하방을 정할 수 있었다.

안채 잔디밭을 한참 들어가다 철문 도어를 열고 스물두 개의 계단을 내려가야 하는 원룸 형식의 방. 밖에서 보면 높다란 벽이 있는 2층처럼 보이고 안마당에서 보면 깊숙이 지하계단을 타고 내려가는 지하방. 그래도 나는 그 방이 맘에 들었다. 묵직한 철문 도어를 닫아버리면 누구도 엿볼 수 없는 세상이 되는 것이다.

그곳에 들어서서 커튼을 걷으면 건너편 아파트의 건물과 정원이 한눈에 내려다보이고 차량이 많지 않아 한적하였지만 쉼 없는 소통이 거기 있었다.

긴 강에 띄우는 엽서

말하자면 철문이 껍데기처럼 나를 감싸 '즐거운 단절'을 주었다면 방안 창문을 통해 밝고 활기차게 살아가는 사람들의 일상을 내려다볼 수 있는 '오만한 소통'이 있었던 셈이다. TV를 크게 켜거나, 카세트를 틀어놓고 발가락을 까닥거리며 노래를 불러대도 아무도 내게 시비를 걸지 않으리라. 나는 마음껏 자유를 누렸다.

　그러나 층계 계단의 큰 창문은 언제나 신경이 쓰였다. 아무도 나를 보호해 줄 사람이 없는 공허한 도시에서 그 창문은 불안과 두려움으로 내 자유에 그림자를 드리곤 했다.

　그 날도 늦게 퇴근하여 잠깐 누워 있다가 씻어야지 생각하다가 그냥 잠이 들었던가 보다. '드르륵' 창문이 열리는 소리가 들렸다. 잠결인데도 나는 반사적으로 방문 도어를 붙잡고 문이 제대로 잠겼는지를 확인하고 문밖 동정을 살폈다. 다른 기척이 없는 것 같았다. 그러나 나는 가슴이 쿵쾅거리고 다리가 후들거렸다. 입에 침이 마르고 한 손은 도어를 붙잡고 다른 한 손에는 언제 집어 들었는지 식칼이 들려 있었다.

　드디어 우려했던 저 창문으로 도둑이 들고 말았구나. 놈은 내가 잠이 깬 것을 눈치 채고 미동도 않고 내가 포기하기를 기다리고 있을 것이다. 꽤 지능적인 놈일 것이다. 문을 밀치고 들어오기만 하면 사생결단을 하리라 입을 앙다물고 있었다. 얼마의 시간이 지난 후 신고를 해야겠다는 생각이 들었다.

　어떻게 전화기가 있는 곳까지 갔는지 모르겠다. 나는 가까스로 방배동 근처에 살고 있는 출판사 사장님께 도움을 요청했다. 곧이어 내가 살고 있는 집 인근은 경찰 패트롤카가 두 대나 출동하고 집주인과 근처의 주민들이 모여들기 시작했다.

그런데 이상한 것은 도둑이 어느새 도망쳐 버렸는지 샅샅이 뒤져도 종적 없이 사라져 버린 것이다. 사람들은 애초에 도둑이 들지 않았을 것이라고, 이 동네는 도둑이 없는 동네라고, 혼자 사는 처녀의 신경이 너무 과민하다고 여기저기서 수근거렸다. 모여들었던 사람들이 하나씩 떠나고 나만 혼자 덩그렇게 남았을 때의 그 부끄러움과 억울함이라니. 새벽 공기를 가르고 달려왔던 순찰차가 다시 사이렌 소리를 내며 돌아간 후, 나는 큰일을 저지른 사람으로 주눅이 들어 그 밤을 하얗게 밝혔다.

오늘 밤도 그 날 밤처럼, 나는 저 작은 미물과 한밤중에 신경전을 또 벌이고 있는 것이다. 그 날 밤 당한 수모를 저놈에게 갚기라도 하려는 건가.

생각하면, 내 속엔 두려움이 상주하고 있는 것 같다. 무엇이 두렵고 불안한가? 무엇으로부터 나를 보호하고 싶은가? 쓴웃음이 나올 때도 있다. 자유로울수록 행여 방심에 빠질까 두렵기도 할 것이다. 불안과 두려움이 병처럼 따라다니는 걸 보면 아마도 나는 자유 속에 살고 있는 것 같다.

긴 강에 띄우는 엽서

:: 김미정

호남대학교 국어국문학과에 1982년 입학했다. 전남대학교 박사과정에 재학 중이다. 「에세이스트」로 등단하였다. 제1회 무등산 스토리텔링 공모전 대상을 수상했다.

경선 씨 가리지 세일

홈렌트를 해서 룸렌트를 내놓는 경선 씨는 한국적인 단어로 말하자면 또순이 중의 또순이다. 경선 씨가 집에서 이틀에 걸쳐 가리지 세일(개인이 자기 집 차고에서 하는 중고품 세일)을 했다. 몇 날 며칠 동안 헌옷을 세탁해 햇볕에 말린 후 옷걸이에 걸었다.

2012년 런던 올림픽 한·일 축구전이 있던 날이었다. 나는 경선 씨의 첫손님이 되었다. 싱가포르에 오면서 워낙 생필품 준비를 안 해 온 탓에 입을 만한 옷이 없었다. 몇 가지 챙겨 오기는 했으나 더운 날씨 때문에 편한 옷만 찾다보니 한국에서 가지고 온 옷은 붙박이장에서 자리만 차지했다.

디자인이나 재질도 한국하고는 많이 달랐다. 한국에서 내내 입었던 옷이 이곳에서는 왠지 촌스러웠다. 싱가포르 보통 아줌마 외출복

긴 강에 띄우는 엽서

이 우리나라 아줌마 스타일로 보자면 밥할 때나 입는 복장과 별반 차이가 없었는데 말이다. 국제도시라는 싱가포르 사람들의 옷차림은 남을 의식하지 않은 편안한 차림으로 겉치레와는 거리가 멀었다.

로마에 가면 로마법을 따르라고 했던가? 옷도 마찬가지였다. 민소매에 반바지 그리고 슬리퍼가 가장 보편적인 차림이다. 그러다 보니 가끔씩 쇼핑몰에 가면 싱가포르 보통 아줌마 스타일 옷을 찾았다. 나이는 생각하지 않고 무조건 짧고 시원한 천으로 눈길이 갔다. 한참을 둘러보다 마음에 드는 것을 골라 가격표를 들추면 가격이 만만치가 않았다. 한국에서라면 별로 망설이지 않을 가격이라도 싱가포르에서는 비싸다는 생각에 반바지 하나를 제대로 사지 못했다.

싱가포르에서는 렌트비에 학비, 생활비를 감당해야 했기에 티셔츠 한 장 사는 것도 심사숙고했다. 이런 생활에서 경선 씨 가리지 세일은 반가웠다. 물론 같이 살고 있는 집에서 옷을 널어 놓고 판매하는 분위기가 썩 내키지는 않았지만, 한국에서 보지 못한 새로운 볼거리였다.

경선 씨 가리지 세일이 있기 전에 일본인들도 가리지 세일을 했다. 그때도 허접한 몇 가지 물건을 샀다. 딱 필요한 것들은 아니었지만 재미로 몇 불을 지불했다. 경선 씨에게 옷값으로 지불한 돈은 싱가포르 달러 80불, 한국 돈으로 환산하면 칠만 오천 원 정도였다. 제일 비싼 원피스가 10불, 쫄바지가 2불, 가방 5불, 모자 4불 등등 몇 가지를 사고 나니 비좁은 붙박이장이 더 좁아졌다. 한국으로 들어갈

때 버리고 가더라도 아까울 것이 없으니 부담되지 않은 중고 옷이었
다. 그러나 그때는 충동구매를 한 것 같다. 낯선 외국생활에 마음이
쫀쫀했다. 경선 씨는 아마 이틀 동안 번 돈이 짭짤했을 것이다.

진선 씨 과외비

난 참 순진했다. 싱가포르에 오기 전, 남편에게 싱가포르에서는 아들 과외를 안 해도 되냐고 물었다. 남편 왈, 일 초의 머뭇거림도 없이 안 해도 된다고 했다. 그 말이 참말이라고 믿었고, 순간 머리를 굴렸다. 과외를 안 해도 되면 한국에서 들어가는 과외비에 조금만 더 보태면 싱가포르에서 학교를 보낼 수 있을 것이라는 계산이 섰다.

그러나 그것은 순진한 나의 계산 착오였다. 아들을 싱가포르로 데리고 오기 위한 내 마음이 앞선 것이든지, 아니면 남편도 싱가포르 사정을 잘 모르면서 내게는 다 아는 것처럼 말했든지. 지금에서야 그것을 따져 무엇 하겠는가 싶기도 하지만 과외비에 대한 스트레스를 받을 때면 작은 돈이라도 다시 한 번 묻고 따지게 되었다.

홈렌트를 한 경선 씨의 동생 진선 씨가 준호의 영어 과외를 해주었다. 싱가포르 국립대학 언어학과를 졸업한 진선 씨였다. 직장을 구할 때까지 하루 30분씩 영어 스토리북을 가지고 내용 파악과 글쓰기를 지도하기로 했다. 싱가포르 공립학교 시험이 코앞에 닥쳐 시험 대비를 한 것이다.

과외비는 싱가포르 달러 35불, 이곳 사정으로도 적잖은 과외비였다. 한국인이 운영하는 보습학원 수강료로 시간당 12달러를 주었으니 비싼 편이었다. 처음에는 싱가포르의 시간당 계산법에 감이 없었다. 한국에서 한 달 기준으로 학원비를 지불하던 습관 탓이었다. 몇 달이 지나고서야 아들이 과외시간에 물 먹으러 부엌에 왔다가는 하는 시간을 따졌다. 그만큼 싱가포르 생활에 적응했다고 할 수도 있었겠지만, 한편으로는 싱가포르의 실생활에 관한 정보가 너무 없었다.

그러다 보니 싱가포르에 와서 처음 만난 경선 씨의 말이라면 무조건 믿었다. 그것도 경선 씨의 동생이라니, 준호의 과외선생으로는 안성맞춤이었다. 지금 와서 생각하니 경선 씨는 놀고 있는 동생 용돈이라도 벌게 할 계산이 더 먼저였던 것 같다. 그러나 그때는 선택의 여지가 없었다. 울며 겨자 먹기란 속담이 참으로 어울린 상황이었다.

진선 씨는 두 달 정도 수업을 했다. 30분 과외를 40분도 하고 한 시간도 해 주면서 과외비는 30분 것만 받았다. 소심한 성격의 나는 처음 과외시간이 30분을 넘어가면 돈을 더 주어야 하나 싶은 생각이 들었다. 먼저 돈을 더 주겠다고는 말은 입이 떨어지지 않았고, 미안

긴 강에 떠우는 엽서

한 마음과 고마운 마음으로 밥을 먹을 때면 함께 먹었다. 과일이나 부침개도 간식거리로 가져다 줬다. 시간 초과에 대한 초과분을 먹는 것으로 대신하려고 했던 것이다.

경선 씨가 이미 싱가포르 과외 실정에서 10분, 20분 초과해서 해 주는 것은 엄청난 배려라고 들었기에 진선 씨가 무척 고마웠다. 그런데 진선 씨가 어느 날 초과한 수업에 대해 계산할 것이라고 했다. 분명 경선 씨가 진선 씨를 조정한 것이 틀림없었다. 몇 주간 과외비를 지불하면서 시간 초과한 것 고맙다고 했을 때, 진선 씨는 "같은 집에서 시간 나는 대로 하는 것인데요. 저는 조금 더 하는 것 아무렇지도 않아요." 했었기에…….

갑자기 과외시간을 분단위로 계산해 30분 초과한 것을 따져 과외비를 요구하니 제대로 뒤통수를 한 대 얻어맞은 기분이었다. 아마도 언니 경선 씨는 진선 씨에게 세상 물정 모른다면서 돈을 더 받으라고 부추겼을 것이다. 진선 씨는 언니 말이 옳다고 믿고 시간을 분으로 쪼개서 과외비를 받은 것이고. 지난번 가리지 세일 때 물건 값 계산하는 데 빈틈없었던 경선 씨이고 보면 내 짐작이 맞을 것이다.

진선 씨 졸업식을 본다고 한국에서 온 경선 씨 엄마 말이 떠오른다. 딸 둘 싱가포르에서 4년 대학 보내며 일 년에 500만 원도 채 부치지 않았단다. 그러니 두 자매가 머나먼 외국 땅에서 살기 위해 오죽했겠는가. 시간 초과에 대한 과외비 요구는 경선 씨가 아직 세상 물정 모른다며 동생 진선 씨를 다그쳐 한 수 가르친 셈이다. 그때 난 싱가포르에서 살아가는 20대 경선 씨, 진선 씨의 생존방식 한 수를 읽었다.

 인간은 경제적인 동물이고, 돈은 따져서 악착같이 받아 내야 한다는 것을……

긴 강에 띄우는 엽서

중국 유학생 치치

가리지 세일이 있었던 날 치치가 왔다 갔다. 치치 엄마는 싱가포르 학교를 결정해 놓고 입학 전 3개월을 중국으로 데려갔다. 치치는 학교 개학날짜에 맞추어서 싱가포르로 돌아왔다. 치치는 내게 우산을 주라면서 경선 씨에게 맡기고 갔단다.

치치는 옆방에 세 들어 살았던 중국인 유학생이다. 잠시 유학생활을 접고 5월에 엄마를 따라 중국에 갔다가 다시 싱가포르로 돌아온 것이다. 치치가 옆방에서 나간 것은 중국에 있던 치치 엄마가 온 일주일 후였다. 처음 내가 경선 씨 집에 들어오기 전에도 그랬고, 들어와서도 치치와는 집 계약이 끝날 때까지 같이 살 것이라 했다. 그런데 상황이 갑자기 변했다.

내가 치치 엄마라고 해도 당장 중국으로 데려갔을 것이다. 나와 같이 생활하는 동안 치치는 공부와는 담을 쌓고 오로지 컴퓨터를 자신의 분신처럼 끼고 살았다. 심지어 식탁에서 밥을 먹을 때도 노트북을 들고 와서 한국 예능프로 런닝맨을 보았다. 치치는 한국 드라마나 연예프로를 너무 좋아해서 한국 드라마를 보고 한국말을 익혔을 정도였다. 혼자 떨어져 간섭할 사람도 없으니, 하루 종일 밖에 나가지도 않고 예능프로를 보면서 박장대소했다.

간간히 먹는 것을 사러 간다든지 하는 일 외에는 집에만 처박혀 있었다. 정말이지 한국에서 말만 들었던 한류라는 말이 싱가포르에서 실감했다. 치치는 중국 유학원을 통해 싱가포르 학교에 들어가기로 계획했지만, 10개월이 다 되도록 학교도 정해지지 않은 상황에서 딱히 취미를 붙일 것이 없었던 것 같다. 공부는 중국에 있을 때부터 흥미 없었고, 하고 싶어 하지도 않았단다.

경선 씨가 치치의 꿈은 작은 가게 하나 내서 사는 거라고 했다. 이런 저런 부대낌 없이 평범하게 살고 싶어 하는 것 같았다. 그렇게 허송세월로 시간을 보낸 치치였는데, 치치 엄마는 싱가포르에 일주일 와 있는 동안 치치를 국제학교에 입학시켰다. 치치는 10개월 동안 중국 유학원을 통해서 학교에 들어가려 했다. 경선 씨가 유학원에 한화 이천만 원 정도의 돈을 지불하고도 입학을 못 하고 있다고 했다. 자리가 없다면서 입학을 못하고 있었던 치치였는데 일주일 만에 치치 엄마는 학교문제를 말끔히 해결했다.

나에게 경선 씨는 치치 엄마가 싱가포르에 오기 전부터 중국에서 사업을 크게 하는 재력가이면서 사업 수완도 대단하다고 했다. 경선 씨를 통해 말로만 듣던 치치 엄마의 능력을 확인한 셈이었다. 직접 치치 엄마를 만나 보니 사교력이 뛰어났다. 물론 나와 말이 통해 자유로운 대화를 나눈 것은 아니었다. 보디랭귀지만으로도 치치 엄마의 성격이나 분위기를 대충 짐작할 수 있었다. 경선 씨를 통해 치치 엄마는 한국 음식에 관심이 많다면서 내게 배우고 싶다고 했다. 내가 해 놓은 반찬에 관심을 보이면서 간을 보기까지 했다. 짧은 일주일에 한국 음식을 배우려는 치치 엄마의 적극적인 성격이 맘에 들었다. 서로 언어가 통하지 않은 상태에서 이런 친근감을 보이지 않았다면 서로 얼굴대하기가 불편했을 것이다.

치치 엄마가 있는 동안 치치 방에서는 예상치도 못한 소란이 자주 일어났다. 하루는 새벽 3시까지 치치와 실갱이를 벌였다. 초저녁부터 심상치 않던 분위기가 점점 고조되더니 급기야 치치가 엄마에게 매를 맞는 소리까지 들렸다.

그 전부터 치치가 만만한 아이가 아니라는 것은 알고 있었다. 냉장고를 같이 사용하는 데 내가 시장을 보고 와서 냉장고가 꽉 찰 때였다. 냉장고를 열면서 자기 물건 넣을 자리가 없다고 짜증을 냈다. 어떤 때는 햄버거나 부침개 등을 만들어 같이 먹자고 하면 기어이 따로 밥을 해 먹었다. 남에게 신세지는 것도 싫어하고 당당히 자기 권리를 찾고 싶어 하는 아이였다.

실랑이는 드디어 치치가 방을 박차고 밖으로 나가려고 했다. 치치 엄마는 그런 딸을 현관에서 붙잡고 주위의 물건 중에 매가 될 만한 것을 찾았다. 마침 옆에 세워진 내 우산이 치치 엄마의 손에 잡혔다. 치치 엄마는 우산을 마구 휘두르더니 급기야 우산대가 부러졌다.

그런 광란의 밤이 지나고 아침이 되었다. 치치 엄마는 나를 보더니 우산이 얼마냐고 물었다. 우산을 가리키며 "하우 머치?" 나는 우산 값을 치르지 않아도 된다고 연신 손사래를 쳤다.

몇 개월이 지난 경선 씨 가리지 세일이 있던 날 치치가 우산을 가지고 왔던 걸 보면, 치치 엄마는 내 우산을 부러뜨린 것이 내내 마음에 걸렸나보다.

치치는 올해 17살이다. 내가 경선 씨 집에 세 들어 처음 치치를 보았을 때가 2012년 2월이었다. 그때 치치는 싱가포르에 온 지 10개월 정도 되었다고 했다. 중국 유학원을 통해서 싱가포르 공립학교에 들어갈 목적으로 중국에서 온 치치는 공부가 유학의 최대 목표는 아니었다.

치치 엄마는 재혼했고 운 좋게도 돈 많은 남자를 만났단다. 재혼한 남편과 사이에는 딸이 있고, 치치는 치치 엄마가 전 남편과의 사이에서 낳은 딸이다. 치치는 중국에 있을 때 새 아빠를 아빠로 받아들이지를 못해 같이 살면서 갈등이 심했단다. 새 아빠와는 말도 하지 않았고, 이복동생과도 사이가 좋지를 않아 치치는 친아빠를 다시 만나면서 엄마에게 반항을 했단다. 급기야 치치 엄마는 골칫덩어리 치치를 유학을 빌미로 중국과는 멀리 있는 싱가포르 보냈다. 치치 엄마의 유학 목표는 싱가포르에서 공부를 잘하는 것보다는, 국제 감각

긴 강에 띄우는 엽서

을 익히는 것만으로 만족한다면서 경선 씨에게 치치를 맡겼다.

어린 치치에게 유학원의 사기와 낯선 이방인들과의 기 싸움은 무척이나 힘들었을 것이다. 사람들은 자기 입장에서 편한 대로 생각하는 경향이 있다. 치치의 싱가포르 유학은 딸을 국제맨으로 키운다는 치치 엄마의 의지와 부모로부터 소외당하고 있다는 치치의 생각이 서로 평행선을 긋고 있는 것은 아닐까?

일요일 외출

일요일에도 아들이 학원을 가기 때문에 마냥 늦잠을 잘 수가 없다. 일요일에는 오전 11시 수업이 있어서 평일보다는 여유가 있지만 게으름 피울 수가 없다. 아들이 다니는 학원은 영국식 학원이다. 그래서 학원명이 브리티시 카운셀이다. 아들이 언젠가 학원 수업시간에 배웠다면서 알려 주었다. 영어는 영국 식, 미국 식, 오스트레일리아 식 등이 있는데, 브리티시 카운셀은 영국식이라는 뜻이라고 했다.

아들은 일요일인데도 공부를 해야 한다면서 학원을 다니는 몇 주간은 줄곧 짜증을 냈다. "아들, 아드님 일어나 주세요."를 반복했다. "이것 한 번만 딱 세 번 만 더 먹자." 하면서 밥을 먹였다. 아들 입에 사과를 깎아 넣어 주었다. 내가 하는 일은 물 가져 오라면 물 가져 오고, 화장지가 필요하다면 화장지 대령하는 딱 메이디급 일이었다.

긴 강에 띄우는 엽서

이렇게 정성을 들였던 것은 학원에 갈 수 있는 것만으로도 대견스럽게 생각해야지 하는 자기최면에서였다.

브리티시 카운셀에 들어가기 위해서는 레벨 테스트를 보아야 했다. 로컬 학생들과 같이 수업을 하기 때문에 싱가포르 영어 수준에 맞추어야 하기 때문이었다. 영어를 공용어로 쓰는 싱가포르에서 영어 실력이란 나이와 상관없다. 한국에서 영어를 공부하고 왔다고 하더라도 그곳 아이들 수준에 맞추어야 하기 때문에 한국 교과 수준과는 아무런 관련이 없는 것이다.

보통 초등학교 고학년 한국 학생들이 레벨 테스트를 봐서 들어가는 수준은 싱가포르 초등학교 1~2학년 반이란다. 그런데 아들이 테스트를 받고 3~4학년 반에 배정이 되었으니 대견스럽고 고마웠다. 학원비가 만만한 것도 아닌데 들어가 준 것만으로도 감사했다. 방학 동안 단기 2주 하루 4시간 수업을 받았는데, 일주일 수강료가 싱가포르 달러 580불이었다. 시간당 계산하면 30불 정도 되었지만 일시불로 지불하니 2주 1,100불 큰돈이었다.

그러다 보니 더욱더 수업에 빠지면 안 된다는 생각이었다. 내가 싱가포르에 있는 의미는 아들에게 엄마로서 할 수 있는 최상의 서비스를 제공하고 학원에 보내는 것이었다.

처음에 학원을 가는데 혼자 차를 타는 것을 낯설어 해서 같이 다녔다. 아들은 차 안에 미국인, 중국인, 인도인 등 등 각양각색의 사람들이 있는 버스를 탄다는 것을 부담스러워했다. 물론 나라고 어색하지 않은 것은 아니었다. 외국생활에 행동이 부자연스러운 엄마지만 아들은 엄마인 내가 옆에 있다는 것만으로도 위안을 삼았다.

일요일이라고 버스가 한가한 것도 아니었다. 일요일은 그곳에서 가정부로 일하는 메이디들의 공식적인 휴일이었다. 오전 10시쯤이면 메이디들이 꽃단장을 하고 외출하는 시간이라 버스는 만원이었다. 버스 승강장마다 같은 느낌의 다른 사람들로 북적거렸다. 대부분 필리핀 사람들 같았다. 필리핀에는 따갈로그어라는 고유 언어가 있다. 필리핀이 영어를 공용어로 쓰지만, 필리핀인들은 자국민끼리 이야기할 때면 따갈로그어를 써서 금방 필리핀 사람이라는 것이 표가 났다. 까만 긴 생머리에 물기가 채 마르지 않은 머리카락에서는 샴푸냄새가 났다.

나는 익스 큐스 미를 연발하면서 자리를 찾았다. 버스를 타면 지난 정거장에서 타고 온 메이디들로 앉을 자리가 없어 이층으로 올라가기도 했다. 버스 의자에 앉은 똑같은 느낌의 사람들은 두 눈을 반짝거리며 수다를 떨었다. 꼭 단체로 야유회라도 떠나는 모습이었다. 그 틈에 아들과 내가 끼었다. 자그마한 체구의 필리핀 메이디들은 나랑 별반 키 차이가 없어 나도 그들 속의 한 무리가 된 듯했다. 반바지에 티셔츠 차림에 질끈 동여 맨 머리 스타일의 나는 하는 일에 있어서도 메이드와 별반 다를 것이 없었다.

순간 일요일 버스를 탄 이유도 그들이나 나나 결국은 같은 목적일 것이라는 생각이 들었다. 아들이 학원에 가는 것을 낯설어 한다는

긴 강에 떠우는 엽서

이유도 있었지만, 나는 저렴한 커피 값을 지불하고 에어컨 빵빵하게 켜지는 학원 카페에서 책을 보면서 커피를 마시는 시간을 즐겼던 것이다.

일주일에 5일은 아들 학교에 보내기 위해서 아침 6시도 안 되는 시간에 일어나서 아침밥 먹이고 도시락 싸서 보내야 했다. 학교에서 오는 시간 맞추어서 간식 준비하고 저녁 준비해서 먹이는 일상의 반복된 일들이 버거웠다. 그래서인지 일주일에 6일 힘들게 집안일하고, 일요일 하루 날 잡아 외출하는 메이디들의 모습을 보면서 동질감이 들기도 했다.

나는 주방에서 앞집에 사는 여자랑 시시때때로 눈인사를 했는데, 그 여자는 그 집 메이디였다.

:: **백승현**

나 죽어 무슨 새 될까?
나는 한 번도 밥 사먹은 적 없네

호남대학교 국어국문학과에 1988년 입학했다. 1997년 호남대학교 국어국문학과 석사 학위를 받았다. 2003년 조선대학교 국어국문학과 박사과정을 수료했다. 1997년 「현대수필」 신인문학상으로 등단했다. 광주문인협회 수필 분과 회원으로 활동하면서 현재는 문화예술 단체인 (사)대동문화재단에서 근무하고 있다. 2011년 문화체육관광부 잡지 부문 기자상을 받았다.

나 죽어 무슨 새 될까?

솟대쟁이 윤정귀 선생이 보내온 문화강좌 강의 자료에는 전국 각지 솟대 사진들이 담겨 있다. 윤 선생은 틈만 나면 전국 어디나 '솟대 탐사'를 하러 돌아다녔고, 그렇게 탐사한 솟대들을 예사로 보지 않았다. 강원도부터 제주도까지, 나무로 만든 솟대에서 쇠로 만든 솟대까지 3백여 장의 사진 자료를 들여다보는 맛이 여간 흐뭇한 게 아니다.

우리가 기원하는 곳은 언제나 하늘이다. 그리고 내가 서 있는 곳이 언제나 우주의 중심이다. 솟대는 사람과 신이 교감할 수 있는 가장 성스러운 우주 중심에 하늘로 향하는 마음을 장대로 세운 것, 장대를 세운 사람에게는 장대가 '우주수宇宙樹'이자 '세계수世界樹'일 것이다. 솟대 위에 내 마음을 하늘에 전달해 줄 수 있는 새를 올렸는데 새는 1마리, 3마리 등 홀수로 세웠다. 새는 사람의 마음을 교통해 주는

긴 강에 띄우는 엽서

'하늘새', '불사조'를 의미한다 하겠다.

　동네 사람들이 한마음으로 동네 입구에 하늘을 향한 희망의 안테나로 세우고 마을 제사를 지내면 솟대는 마을을 지켜 주는 수호신이요, 성스러운 기도터가 된다. 당산나무나 벅수나 장승을 세우는 의미도 이와 비슷하지만, 하늘과 소통하고 싶은 마음을 담은 것은 솟대뿐이다.

　우선 가장 급한 문제는 풍년이 들어 먹고살 만하게 되는 일이었으므로 행운과 풍요, 성스러운 기원, 공동체의 희망과 안녕을 비는 가장 오래된 한국적 종교, 그 상징의 자리를 솟대가 꿰찬 것이다. 솟대는 특히 농경민족들이 사는 곳이면 세계의 어디나, 심지어 시베리아 지역에도 서 있다.

　긴 장대나 돌기둥 위에 나무나 돌로 만든 새를 앉힌 신앙의 대상인 솟대는 미술 작품이기도 한데, 그 모양도 시간이 지나면서 다양하게 변천했다. 눈을 돌려 관심 있게 바라보면 우리 주위에 얼마나 많은 솟대가 있는지 알 수 있게 된다.

　윤정귀 선생은 미술 선생님으로 숲과 나무를 좋아하고 민속을 공부하다보니 어느새 솟대를 만드는 작가가 되어 있었다. 그래서 솟대 조각가로 활동하고 있다. 자기가 좋아하는 일이라 고생을 고생으로 여기지 않고 언제나 싱글벙글 행복해 보인다.

　그의 솟대는 장대건 새건 죽은 나무로만 만든다고 한다. 특히 새는 배를 곡선으로 불룩하게 많이 먹은 새처럼 통통하고 고개를 빳빳이 들고 있는데, 이것으로 디자인 특허를 냈다고 했다. 동물도 사람처럼 으스대고, 자기를 뽐낼 때 고개를 빳빳이 든다고 한다. 그의 새는 뒤통수가 나와 있고 꼬리가 깡똥해서 해학적이다. 그리고 날개 부분이 우아하게 3단으로 단이 져서 기품이 있다. 그는 솟대와 새를 소재로 조각과 그림을 곁들여 작품전도 많이 했고, 평화와 화해와 희망이 필요한 우리 사회 곳곳에 기증하기도 했다.

윤정귀 선생이 기념으로 솟대 한 쌍이 액자 안에 앉아 있는 작품을 선물하셨다. "누구 좋은 사람 있으면 선물해도 좋고, 집에서 가장 잘 보이는 곳에 걸어 두어도 좋다."고 했다. 액자 안에는 한지 위에 '참된 행복'이라고도 쓰여 있었다.

이 솟대 작품을 어디에 걸어야 할까 한참을 망설였다. '참된 행복'이라는 말은 너무 식상하기는 하다. '행복'이라는 말이나 '참되다'는 말은 너무 추상적이다. 무엇이 참되고 무엇이 행복한 것일까? 사람마다 그 체감의 강도가 다를 것이다.

윤정귀 선생의 솟대 작품이 우리 집으로 시집을 온 지 며칠이 지나, 나도 이것을 누군가에게 선물하고 싶었다. 솟대는 '행운의 부적' 같은 것이므로 솟대를 선물해서 싫어할 사람은 없을 것 같았다.

누구에게 줄까, 궁리하다가 사무실의 후배 기자의 얼굴이 떠올랐다. 야무지고 빈틈없는데, 또 그만큼 변죽도 없어서 직원들과 자주 의견이 부딪히고 나와도 가끔 뜻이 상충된다. 말하자면 화해용으로 쓰자는 것이었다.

긴 강에 띄우는 엽서

나는 어느 날 집에 잘 모셔져 있던 솟대를 선물 포장해서 아침 출근하자마자 그 기자의 책상 위에 올려 두었다. 진실로 '참된 행복'을 느끼며 직장생활에서 상하 지위에 어울리게 마음이 서로 어우러지기를 진심으로 기원했다. 그 선물의 편지글에 예전 어떤 선비가 썼던 다음과 같은 글을 적어 넣었다.

만약 내가 지기를 얻는다면 이렇게 하겠다.

10년 동안 뽕나무를 심고 1년 동안 누에를 길러 내 직접 오색실을 물들인다. 10일에 한 가지 빛깔을 물들인다면 50일이 되면 다섯 가지 빛깔을 물들일 수 있을 것이다. 따뜻한 봄이 되면 물들인 오색실을 햇볕에 말린 후 내 아내에게 훌륭한 바늘을 가지고 내 벗의 얼굴을 수놓게 하고선 거기에 기이한 비단 장식을 하고 좋은 옥으로 축軸을 하여 두루마리를 만들어 둘 테다. 이것을 높은 산, 맑은 물이 흐르는 곳에 펼쳐 두고선 말없이 바라보다가 저물녘이 되면 돌아오리라.

- 이덕무 〈지기를 얻는다면〉

조선 후기 독서광 선비였던 이덕무 선생의 글처럼 비단결처럼 마음이 곱고 멋들어진 우정은 아니겠지만, 내 솟대 선물도 그 뒤로 누군가의 마음의 세계수가 됐으면 좋겠다. 서로가 서로를 존경하며 흠모하고, 아끼며 사귀고, 서로 마음으로 격려하고 응원하며, 나보다 못한 사람을 딱하게 여겨 좋은 길을 알려 주는 것. 이것이 세상의 평화라면, 솟대는 이런 세상의 평화와 화해를 위해 자기 마음에 세우는 것일 터이다.

솟대가 다시 한 번 애틋해진다. 솟대 위에 앉았던 새가 하늘로 퍼드득 날개를 펼치며 날아간다. 그럴 때, 나는 다시 세상에 태어난다면 새로 태어나고 싶다는, 어처구니없고 스스로도 무람하지 못한 상상을 한다.

긴 강에 띄우는 엽서

나는 한 번도 밥 사먹은 적 없네

　예전 스님들이 오후 불식不食의 지계持戒를 위해 배 위에 데운 약석藥石을 얹어 배고픔을 달랬다는 이야기가 있다. 부처님 당시 수행 이야기에도 약석 이야기가 등장한다. 일본에는 가이세키 요리懷石料理라 해서 선승이 추위와 배고픔을 견디기 위해 데운 돌을 옷 속에 품었던 데서 유래된 음식이 있다고 한다.

　어떤 큰스님은 어느 신문과의 인터뷰에서 "춥고 배가 고파야 도가 나온다. 그러나 물질이 풍요해진 요즘은 정신이 해이해져서 그런지 힘을 얻는 이들이 나오지 않는다."고 말씀하셨다. 그렇지만 배고픔을 이겨 내는 것은 어지간한 정신력이 아니고서는 장담하기 힘들다.

　이순신 장군의 내면을 그려낸 소설 김훈의 《칼의 노래》에는 다음과 같은 구절이 있다.

끼니는 어김없이 돌아왔다. 지나간 모든 끼니는 닥쳐올 단 한 끼니 앞에서 무효였다. 먹은 끼니나 먹지 못한 끼니나, 지나간 끼니는 닥쳐올 끼니를 해결할 수 없었다. 끼니는 시간과도 같았다. 무수한 끼니들이 대열을 지어 다가오고 있었지만, 지나간 모든 끼니들은 단절되어 있었다. 굶더라도, 다가오는 끼니를 피할 수는 없었다. …… 끼니는 새로운 시간의 밀물로 달려드는 것이어서 사람이 거기에 개입할 수 없었다. 먹든 굶든 간에, 다만 속수무책의 몸을 내맡길 뿐이었다. 끼니는 칼로 베어지지 않았고 총포로도 조준되지 않았다.

굶으면서 싸워야 하는 임진왜란 때의 백성들과 우리 수군들의 군량 사정을 표현한 적확한 문장이다. 임진왜란 때 이순신 장군이 승리한 이유 중에는 호남 지방을 방어할 수 있게 되어 군량미를 충분히 확보한 것이 몇 손가락 안에 꼽힐 것이다. 극도로 불리했던 전쟁에서 승리한 것은 쌀밥을 먹은 호남 사람들의 힘이 아니었을까? 전쟁은 무기로 했지만, 승리는 밥으로 하지 않았을까? 자꾸 그런 생각이 든다.

월드 비전 코리아라는 기독교 사설 구호 기관NGO의 '숫자로 보는 세계는 지금Worldwide Statistics'에는 굶주림Hunger 항목에 다음과 같은 통계가 나온다.

이상 기후 현상과 곡물 가격 상승으로 인해 하루 한 끼의 식사를 못하고 있는 인구수가 전 세계적으로 9억 6천만 명에 달한다. 이들

긴 강에 띄우는 엽서

은 허기진 배를 달래기 위해 배 위에 돌을 얹고 잠을 청하고 있는 사람들이다. 연간 영양 실조로 인한 사망 아동수는 4백 8십만 명이다. 하루에 1만 3천 명이고 이를 시간으로 환산하면 매 7초마다 한 아동이 배고픔 때문에 숨지는 것이다.

지금 이 순간에도 세계 어느 구석에서는 기운 없이 쪼그려 배를 움켜쥐고 죽어가는 어린 생명이 있다. 눈물이 그렁그렁한 채 생명이 꺼져 가는 어린 새끼를 안고 울고 있는 어머니도 있다. 우리 인류의 참혹한 현실이다.

밥이 생명이고 약이다. 모든 인간됨의 뿌리도 밥이다. 그런데 역설적이게도, 모든 악의 뿌리가 밥 많이 먹으려는 욕심에서 싹튼다. 그래서 모든 평등은 밥의 평등으로부터 시작되어야 한다.

7월 16일 오전 10시 30분부터 전남 담양군 대전면 강의리 농원 추어탕집에서 있었던 일이다. 여름 산행은 아침 일찍부터 시작해 오전 중으로 끝내야 한다는 것이 등산 교본에도 나와 있다. 그 날은 늦장을 부려서 먼저 밥을 먹고 산행을 하기로 동료 1명과 약속을 하고 인근에 소문난 바로 그 추어탕집에 갔다.

한참 소제를 하고 마당 한가운데서는 추어탕이 끓고 있었지만 점심은 11시 반에나 시작한다는 주인의 지청구를 듣고 한 시간 정도는 자리에 앉아 기다려보기로 했다. 아담하게 화초로 꾸며진 마당을 둘러보고 동네 한 바퀴를 돌아보며 시간을 보내고 돌아와도 아직 밥이 끓고 있는 중이었다. 너무 배가 고팠다.

조금 있으니, 73세(나중에 안 것이지만) 된 할머니 한 분이 무논에서 자라는 피를 뽑다가 밥집으로 들어오셨다. 무등산이 멀리 보이는 대전면 들판 너머로 오랜만에 장마가 그치고 파란 하늘이 펼쳐졌다. 지산 용전 들노래 공연이 그 전 주에 있었으니 백중이 조금 지났고 그래서 이제 논 속의 피를 솎아 낼 때였다. 그래 일당 3만 원의 허드렛일을 새벽부터 혼자 하다가 논 주인이 새참을 보내 주지 않아 밥 사 먹으러 왔다는 것이다. 새벽 댓바람부터 얼마나 배가 고프셨을까?

반찬도 줄이고, 점심 무렵이 되면 들어찰 자리도 아끼고, 혼자서 밥 드실 모습이 딱해 보여 할머니에게 겸상을 하시자고 했다. 그래서 추어탕 오찬의 성원이 세 명이 되었다.

할머니는 이웃 생룡동에서 대전면으로 시집 와서 1남 6녀를 낳아 모두 경기도나 서울로 시집 장가보냈다.

"할아버지는 먼저 쩌짝으로 보냈어. 이날 입때까장 내가 새끼들 끼니를 절대로 걸러 맥이지는 않았제. 그라다봉께 요라고 인자 내가 낼 모레 낼 모레 허게 되얏네."

할머니의 일평생을 요약한 말씀이다.

"글고 나도 평생에 한 번도 밖에서 밥을 사 먹어본 적이 읎는디, 오늘 기록을 깨게 되얏네. 요새 사람덜은 밥 묵고 뒷설거지 치다꺼리 허기 싫은께 밥 사먹제만은, 나는 그래 본 적이 있간디. 배가 골아서 피 뽑을 심이 있어야제. 집이 한 발 엎어지믄 있는디 거기 갈 심도 없

긴 강에 떠우는 엽서

드랑께."

그래 무논 곁에 있는 추어탕집에 왔던 것이다. 할머니의 구수한 입담 덕에 오찬이 더 즐거웠다. 통째 끓여 내온 추어탕에서 추어를 건져내 멸치 젓갈에 열무김치 잎에 싸서 먹는 맛도 그만이었다. 꼬들꼬들한 머슴 고봉밥을 한 그릇 냉큼 없앴다. 산행 동료가 할머니 이야기가 더 듣고 싶다고 해서 둘은 압력솥에 눌어붙은 밥으로 누룽지를 만들어 구수한 후식까지 제대로 먹느라 식사가 늦어지고 있었다.

할머니 먹은 밥값까지를 몰래 계산하고 자리로 돌아와 보니 금세 앉을자리가 없을 정도로 사람들이 들어찼다. 여기저기서 "반찬! 국! 누룽지!"하며 밥때가 풍성해졌다.

"마당에 숨겨 놓은 풋것들 허고 키우고 있는 짐생들 굶길까 봐 출가한 자식 새끼덜이 저그들 집으로 이사 오라고 해도 못 떠나고 있는 집구석"에 혼자 살고 계시는 할머니. 보살 같은 할머니가 혼자 지켜온 평생 원칙, 밖에서 밥 사먹지 않는다는 원칙을 깰 뻔한 오늘 할머니와 밥 한 상을 같이 했다.

동네 어느 집에 가도 밥 한 끼는 해결할 수 있었던 우리 공동체 정신이 이렇게 무너져가고 있다. 시골 인심까지를 변하게 만든 농정 당국자들과 높고 귀하신 양반들에게, 밥 먹으면서 흘리는 할머니 흰 귀밑머리에 흐르는 땀을 보여 주고 싶었다.

'앞뒤에 가래는 너울너울 춤을 추고 / 머슴은 가래 메고 황소 타고 / 농군은 흥에 겨워 춤을 추네~'

용전 들노래의 흥성함은 이제 배고프게 되었다. 누군가 배고프고 배고파서 죽어간다면 인류의 평화는 없을 것이다. 밥을 먹어도 또 끼니는 다가오고 다시 배는 고프다. 생명이 있는 모든 것들은 이 숙명에서 영원히 벗어나지 못할 것이다.

배고픔을 칼로도 베어지지 않는다. 총으로 쏘아 없앨 수도 없다. 배고픔은 불사신이다. 지금도 우리들에게 일렬로 진군해 오고 있지 않은가?

긴 강에 띄우는 엽서

:: **김형종**

얼음 창고

호남대학교 국어국문학과에 1986년 입학했다. 2001년 계간「문학춘추」소설부문 신인
상을 수상하였다. 제15회 공무원문예대전 소설부문에 입상하였다. 전남문인협회 회원으
로 활동하면서 현재는 장흥 공공도서관에서 근무하고 있다.

얼음 창고

아침부터 70호가 쏟아진다. 컨테이너 벨트를 타고 일정하게 미끄러져 오는 박스의 행렬에 따라 강씨의 손놀림도 기계처럼 움직인다. 경민은 박스를 쌓으면서 작업이 종료될 시간을 얼추 계산해 본다. 힘든 육체노동의 과정에서 무언가에 정신을 빼앗긴다는 것은 시간이 빨리 지나간다는 느낌을 주기 때문이다.

작업시간에 곳곳을 쏘다니며 잔소리를 늘어놓는 발발이 조계장이 아침 조회시간에 유난히 배에 힘을 주고 목청을 높이는 것은 조회시간이 길어진다는 것이고 조회가 길어진다는 것은 작업량이 많다는 것을 의미한다. 안전사고 주의, 위생관리 철저, 근무시간 준수, 책임감 등의 내용을 당부하지만 작업자들은 서로 밤사이의 안부를 묻고 장안을 들썩이게 만든 드라마 얘기를 나누느라 조계장의 훈시는

허공의 메아리로 퍼져갈 뿐이다. 다만 당일의 작업량을 발표할 때만 마치 바닷속처럼 조용해지면서 조계장의 입에 귀를 모으고 그 입이 닫히기도 전에 희비가 엇갈리는 반응을 약속처럼 뱉어낸다.

발발이 조계장은 오늘의 작업량이 열다섯 대라고 목청을 높였다. 차 한 대가 싣고 온 분량이 삼천 마리 정도이니 열다섯 대면 얼추 사만 오천 마리다. 정상적인 작업의 속도라도 40분에 차 한 대의 분량을 소화시키므로 점심시간을 포함해서 적어도 열한 시간 동안 닭의 비린내를 맡아야 한다. 기계가 멈춰서는 돌발상황만 발생하지 않는다면 저녁 일곱 시쯤이면 퇴근이 가능하리라는 계산이 나온다. 퇴근 시간의 가늠이 끝나면서 경민의 시선이 그녀에게 향한다. 컨테이너 작업대에 늘어선 채 부지런히 손을 놀리고 있는 여자들 속에서 그녀의 위생복이 눈부시게 빛난다.

어제보다 구천여 마리가 불어난 작업량이어서 육체적으로는 힘들겠지만 작업이 끝나고 퇴근하게 될 시간이 마침 저녁밥을 먹기에 알맞은 시간이라서 오늘은 그녀에게 저녁식사를 함께하자는 데이트를 신청해 볼 참이다. 지금까지는 작업량이 작아 저녁을 먹기에는 이른 시간이었고 앞으로 작업이 더 늘어나 야간작업이 시작되면 회사에서 저녁식사를 제공할 것이므로 좀처럼 기회가 찾아오지 않을 게 분명하다.

사이렌 소리가 들려온다. 이제 한 대의 작업이 끝났다는 신호다. 사이렌 소리를 들은 박철수가 들어와 작업을 교대해 주면 강씨는 다리를 절며 작업장 안을 빠져나갈 것이다.

경민은 박스를 쌓으면서 강씨의 호주머니에 시선을 던진다. 하얀 위생복 윗옷의 왼쪽 호주머니가 불룩하다. 오른쪽 호주머니에는 소금에 고춧가루를 섞어 담은 작은 비닐봉투가 담겨 있을 것이 분명하다. 강씨는 다리를 절름거리며 탈의실로 올라가 오른쪽 호주머니의 소금을 꺼내 펼치고 반대편 호주머니에서 닭똥집을 꺼낸 뒤에 자신의 사물함에서 소주병을 꺼내 두어 모금을 마실 터이다. 창문을 통하여 혹시 조계장의 그림자가 다가오는지를 경계하며 또 소주를 한 모금쯤 목구멍에 털어 넣고 닭똥집을 소금에 묻혀 입에 넣고 우물거릴 것이다. 소주 한 병이 바닥나면 그때서야 똥집을 쌌던 비닐봉지와 소금봉지를 접어 주머니에 넣고 빈 술병은 사물함 안에 있는 자신의 가방에 숨기고 포장용 골판지 박스가 쌓여 있는 창고 뒤로 돌아가 느긋하게 담배를 피우고 화장실을 들렀다가 작업을 교대해줄 것이다.

이제 제법 어깨가 뻐근해지면서 얼굴에 열이 느껴진다. 이때만 지나면 오히려 몸이 가벼워지면서 박스를 쌓는 일도 수월해진다. 육체는 하룻밤의 휴식으로 피곤을 털어내기는 턱없이 부족하다. 목구멍이 포도청이라 또다시 출근하여 조회가 끝나자마자 준비운동도 없이 바로 작업이 시작되면 갑작스런 과격한 움직임에 몸뚱이의 근육들은 경직된다. 쉼 없는 기계처럼 움직이던 몸뚱이의 근육들이 천천히 이완되면서 한 대의 작업이 끝나 사이렌이 울려올 즈음이면 거짓

긴 강에 띄우는 엽서

말처럼 작업에 적당한 신체적 조건으로 바뀐다.

컨테이너가 돌아가는 속도는 일정하지만 닭이 매달리지 않은 집게가 많아지고 박스가 밀려오는 속도도 덩달아 느려진다. 강씨가 컨테이너를 힐끗 훑고는 잠시 일손을 멈추고 닭 걸이대로 발걸음을 옮긴다. 걸음을 재촉하는 강만호의 몸이 평소보다 심하게 흔들린다.

"금방 쏟아지것는디⋯⋯. 뭐하고 안오는겨?"

강씨의 혼잣말을 들었다는 듯이 박철수가 들어온다.

"어이!"

박철수가 손가락질을 한다. 저 기분 나쁜 손가락질에 가슴속에서 불덩이 하나가 치솟지만 애써 참으며 손가락 끝을 바라본다. 손가락 끝이 얼음 통을 향했다. 빈 얼음 통이 아니라 잘게 부서진 얼음이 수북이 쌓여 있는 얼음 통이다. 경민은 박스를 쌓던 일을 그만두고 얼음 통 안의 플라스틱 삽을 잡는다.

머리 위에서 컨테이너 벨트가 돌리는 집게에는 닭들이 물구나무로 매달려오다가 무게에 따라 스테인리스 통으로 떨어지면 여자들이 박스에 비닐봉지에 담아 무릎 높이의 컨테이너 박스에 올려준다. 밀려오는 박스에 얼음을 부어 주면 비닐봉지 입구를 강씨가 압축된 공기가 만들어낸 힘을 이용하여 침이 굵은 스테이플러로 묶는다. 경민은 그 박스를 무게별로 구분해서 바닥에 칠 층으로 쌓는다. 무게별로 비닐봉지의 색깔이 다르므로 박스를 구분하는 것은 어려운 일이 아니다.

털을 뽑고 머리를 자르고 내장을 제거한 닭 한 마리의 무게가 800g에 해당하는 것이 70호인 데 가장 무거운 것에 해당한다. 하나의 박스에 800g 무게의 닭을 스물다섯 마리를 담으니까 20kg 정도지만 박스에 얼음을 가득 채우면 박스의 무게는 25kg 정도로 무거워진다. 박스가 칠 층으로 쌓이면 영식이와 정곤이 두 사람이 바퀴가 달린 수레에 싣고 냉장 창고로 옮긴다.

나는 점차 밀려들기 시작하는 박스에 얼음을 한 삽씩 붓는다. 커다란 얼음 통이 너무 높아 삽질이 수월하지 못 하다. 비록 단순작업이지만 반복되는 얼음 붓기에 금세 어깨가 뻐근하다. 작업의 공정마다 장단점이 있지만 박스를 쌓는 일과 얼음 창고에서 얼음 통에 얼음을 퍼담는 일이 가장 힘들다. 비닐봉지를 묶고, 얼음을 치고, 박스를 쌓고 그것을 옮기는 공정을 다섯 사람이 한 조가 되어 교대로 작업한다.

경민을 대신하여 박스를 쌓고 있는 박철수가 오른손을 들어 왼쪽 뺨에서 오른쪽으로 한 번 휘저으며 얼굴을 찡그린다. 박스에 얼음을 조금만 부으라는 신호다. 무게를 조금이라도 줄여 보려는 심산이다. 경민은 주변을 돌아보고 얼음의 양을 조금 줄인다. 조계장은 기온이 올라가면서 얼음을 많이 치라고 주문하고 그것을 확인하러 다니기 때문에 얼음의 양을 줄일 때에는 늘 긴장의 연속이다.

머리 위에서 스테인리스 통으로 닭의 떨어지는 소리가 거의 들리지 않는다. 그것은 통에 이미 닭들이 수북하게 쌓였다는 뜻이다. 여자들의 손길은 더욱 바빠질 것이고 조만간 박스들이 밀려들 것을 의미

한다. 오늘따라 분홍색 비닐의 박스가 유난히 밀려든다. 분홍색은 밀려드는 박스 중에 가장 무겁다. 800g 이상의 무게는 밤색 비닐봉지에 스무 마리만 담기에 오히려 가볍다. 회사에서는 피곤함이 덜한 아침에 가장 무거운 닭의 작업을 끝내게 한다.

　강만호가 소주를 다 마시고 한가롭게 담배를 피우고 들어오면 박철수가 작업을 교대하자는 신호를 보내리라 생각한다. 네 단계의 공정을 공평하게 나눠서 작업하면 좋으련만 그렇지가 못하다. 늘 경민의 휴식시간은 짧고 힘든 일이 주어진다. 아무리 신출내기라지만 너무나 불공평한 처사에 항의를 해 봐도 소용이 없다. 조계장은 조장인 강씨를 다독이는 눈치였지만 절름발이 강씨에게는 쇠귀에 경 읽기나 다름없이 행동했다. 강씨 자신이 나이도 많이 먹었고 다리까지 불편하여 항상 비닐봉지 묶는 일을 맡다보니 다른 조원들에게 부당함을 얘기할 처지가 못 되는 까닭인지 모르겠다. 아니 자신은 부당함을 느끼지 않기 때문에 못 들은 척 하는지도 모른다. 능구렁이 박철수는 아주 좋은 핑계를 입에 달고 산다.

　"김씨, 내가 색맹이라 색깔을 구분하기 어려워 그러니까 이해하쇼."

　"그래도 단순한 색깔의 구분을 못한단 말이에요?"

　"적녹 색맹이라 길거리 신호등 구분이 힘들 정도니 어쩌것소. 60호 빨간색과 70호 분홍색, 연두색 30호와 녹색 45호를 구분 못해서 박스를 잘못 쌓으면 민폐가 이만저만 아니니까."

　색깔의 구분이 어렵다는 박철수가 보름 전쯤에 운전면허를 갱신

한다고 반나절만 일하고 조퇴를 했겠는가. 다른 색이 아닌 적녹 색 맹은 운전면허를 취득할 수 없다는 것을 알고 있었지만 경민은 빤한 거짓말을 듣고도 항의를 못했다. 사실 부끄러운 얘기지만 부당함을 얘기했다가 씨름선수 같은 몸집의 박철수가 주먹이라도 쥐고 덤벼든다면 이겨낼 자신이 없었다. 다만 영식이와 정곤이가 가끔 작업을 교대해 주고, 어떤 일이건 힘들기는 비슷하다는 합리화를 찾아 스스로를 위로하며 작업에 몰두했다.

회의용 책상보다 훨씬 큰 얼음 통 하나가 비워져 간다. 밀려오는 박스와 박스 사이가 벌어진 틈을 이용해서 옆에 준비된 박스로 교환한다. 네 개의 바퀴가 달렸지만 얼음 통이 꿈쩍하지 않는다. 경민이 얼음 통을 밀고 있는 것을 보았는지 광한루의 춘향이 초상화처럼 복스러운 그녀가 달려와 밀어준다. 얼음을 퍼 담기 좋은 위치로 옮겨지자 그녀가 돌아간다.

그녀는 다시 부지런히 박스에 닭을 담는다. 계속되는 삽질에 떨어진 얼음이 장화 속으로 들어가 양말이 축축하고 발이 시려오지만 그것을 빼낼 여유가 없다. 발이 시려오는 것도 문제지만 발바닥이 가장 불편하다. 전기의 힘으로 돌아가는 컨테이너는 여전히 힘차다. 피곤을 모르는 기계는 하염없이 닭들을 토해낸다. 컨테이너 돌아가는 소리와 집게에서 닭이 떨어지는 소리에 귀가 먹먹한 지 오래다. 강씨가 들어와 비닐봉지를 묶고 있던 정곤에게 다가간다. 정곤이는 수레로 박스를 옮기고 있는 박철수에게 향한다.

"어이!"

경민은 작업을 시작한 지 30여 분 만에 다시 수레를 잡으러 향한다. 자신의 권리를 찾지 못하고 힘든 작업으로 향하는 자신이 한심스럽다. 정상적인 작업의 교대라면 트럭 한 대의 작업이 끝나도록 얼음 붓기를 해야만 한다. 그럼에도 불구하고 박철수는 자신이 휴식을 취하기 위해서 기분 나쁜 말투와 손가락질을 남기고 밖으로 나가 버렸다.

· · ·

삼 개월 전에 닭 가공 공장에 발걸음을 처음 내딛었을 때 조계장은 다른 공정보다 힘들지만 가장 위생적이고 여름에도 덥지가 않다며 지금의 공정을 배정해줬다. 첫 날은 작업에 필요한 위생복과 여러 가지 물건을 받고는 건강보건증의 취득을 위해 가까운 보건소에서 검사를 받고 집으로 돌아갔다. 다음날 함께 일하게 될 조원들을 처음으로 만나 통성명을 나누었고 나이를 챙겼다.

"서로 이름이나 알고 지내면 되었지, 여기서 나이는 필요 없는 거여. 짠밥이 우선이재."

첫 날부터 박철수는 삐딱한 어투였지만 경민은 마음에 두지 않았다. 더구나 그 날은 가장 간단한 얼음 치는 일만 종일토록 주어졌으므로 신참에 대한 배려라고 여겼었다.

다음날 출근하여 탈의실로 들어섰을 때 강씨와 박철수는 새우깡에 소주를 마시고 있었다. 아침부터 술을 마시는 것이 쑥스러운지 강씨가 술잔을 내밀었지만 빈속에 술을 들이키기 싫었다.

　"워낙 일이 힘드니께 술을 마시지 않고는 힘들거든."

　강씨가 술잔을 거두며 멋쩍은 표정을 지었지만 구차한 변명에 불과했다. 어쩌면 경민을 자신들의 편으로 끌어들여 조계장의 감시망을 함께 방어하자는 의도가 분명해 보였다. 영식이는 오래된 신문을 들추고 있었고 정곤이는 박스를 수레에 끌어올릴 때 사용하는 쇠갈고리의 끝을 사포로 다듬는 중이었다. 새우깡 한 봉지에 소주를 한 병씩 마신 강씨와 박철수가 소주를 마신 흔적을 말끔하게 치우고 자리에서 일어났다.

　듣기 좋으라고 회의라고 명칭을 붙였지만 땅딸보 조계장이 일방적으로 지시사항을 전달하고 작업량을 발표했다. 회의가 끝나자, 모이를 먹으러 모여든 닭들이 갑자기 나타난 개 한 마리에 놀라 흩어지듯이 노동자들이 일시에 자신들이 맡은 작업장으로 찾아 들어갔다. 경민은 조장인 강씨와 조원들의 꽁무니를 따라갔다. 비어 있는 커다란 얼음 통을 벽면에 붙은 쪽문에 붙였고 강만호가 손잡이를 비틀자 문이 열리면서 알밤 크기의 얼음들이 쏟아졌다.

　"여기가 얼음 창고인디, 작업을 시작하기 이전에 다섯 개의 얼음 통에 채워놔야 해. 작업 중이라도 얼음이 두 통 정도 남으면 미리 보충해야 하고."

　　　　　　　　　　　긴 강에 띄우는 엽서

통으로 쏟아지던 얼음이 멈추자 박철수와 영식이가 쪽문 안으로 들어갔다. 그 안에는 제빙기에서 만들어진 얼음이 파쇄기에서 떨어져 저희들끼리 얼어붙어 왕릉 크기로 쌓여 있었다. 영식이가 곡괭이로 얼음을 깨뜨렸고 박철수가 날이 커다란 플라스틱 삽으로 얼음 통에 담았다. 금방 채워진 얼음 통을 강씨와 정곤이가 컨테이너 옆, 얼음을 치는 곳으로 밀어갔다.

"어이!"

박철수가 삽을 얼음 위에 내려놓고 손가락을 까닥거렸다. 어느새 새로운 빈 통이 쪽문에 바싹 붙여졌고 경민은 얼음 창고로 들어가 삽을 들고 얼음을 퍼 담기 시작했다. 허리에 손을 얹고 옆에 서 있던 박철수가 삽을 낚아갔다.

"아따, 삽질하는 속도가 돌 지난 애기 환갑 돌아오겠네."

허리를 굽힌 채 예닐곱 번 정도의 빠른 삽질의 시범을 보이더니 다시 삽을 경민에게 내밀었다. 경민도 박철수의 속도만큼 빠르게 얼음을 퍼 담았다. 얼음 속에서 일하면서 등줄기에 땀이 솟았지만 익숙해지면 괜찮으리라고 생각했다. 다섯 통의 얼음을 준비해 놓고 모두 냉장실 뒤편으로 쏜살처럼 사라졌다. 경민도 영문을 모른 채 그들을 뒤쫓았다. 나중에 알았지만 작업이 시작되어도 닭들이 컨테이너에 매달리기까지는 40분이 지나야만 비로소 닭들을 무게별로 박스에 담을 수 있었다.

회사에서 확보한 닭들을 특수 제작한 트럭에 싣고 오면 닭똥 냄새와 닭의 비듬과 닭의 깃털이 안개처럼 뿌옇게 날리는 곳에서 여자들이 닭의 다리를 쇠갈고리에 걸어 준다. 닭걸기를 하는 여자들은 비닐봉지를 머리에 둘러쓰고, 마스크를 착용하고 그것도 모자라 눈동자를 보호하려 양파를 담는 붉은 망사주머니를 뒤집어쓴 모습이 흡사 피에로의 얼굴을 닮았다.

물구나무로 매달린 닭들은 강한 전기의 충격으로 목숨을 빼앗기고 온몸이 끓는 물에 담겼다가 기계에 의하여 목이 잘리고 붉은 피를 쏟아 버리고는 칫솔처럼 고무돌기가 돋아 있는 기계를 통과하면 닭털이 말끔하게 제거되어 냉장실에서 20분을 보낸다. 뜨거워진 몸이 식어야만 내장을 제거할 수 있기 때문이다. 컨테이너에 매달려 밀려오는 닭들을 끝이 넓고 뭉툭한 칼로 항문을 찔러 주면 노동자들이 고무장갑을 낀 손으로 항문을 통해서 내장을 꺼낸다. 다음 사람이 제거되지 않고 남아 있는 내장을 말끔히 처리하고 자동세척기를 몇 단계 거치면 마지막으로 스테인리스 통에 무게별로 떨어지고 박스에 담기까지 40분이 걸린다.

냉장실 뒤편에는 박스가 수북하게 쌓여 있었는데, 그 박스 사이에 앉아 몸을 숨긴 채 담배를 피워 물었다. 최대한 빨리 얼음 통을 채워야만 그만큼 휴식시간이 길어지기 때문에 박철수가 서둘렀다는 것이다.

"쏟아져요!"

위생복이 무색하게 짙은 화장의 여자가 달려와 급하게 소리치고

긴 강에 띄우는 엽서

사라졌다. 그 외침의 여운이 귓전에서 사라지기도 전에 강씨가 비닐 봉지를 묶는 스테플러 기계를 잡았고 박철수가 얼음을 치려고 삽을 들었다. 스테인리스 통에 닭이 떨어지는 소리가 끊임없이 들려왔다. 조만간 닭으로 채워진 박스들이 밀려올 것이었다.

"어이!"

박철수가 오른손 손가락, 엄지와 새끼를 제외한 세 개의 손가락을 펼쳐 수레를 가리켰다. 박스가 쌓이면 냉장실로 운반하는 작업을 맡으라는 의미다. 분명히 통성명을 나누었지만 경민의 이름을 부르지 않았다. 이름을 정확하게 기억하지 못한 이유인가 싶어서 다시 이름을 상기시켜 줬지만 변함이 없는 호칭과 손가락질이었다. 점심을 먹기까지 이뤄진 네 시간의 작업시간 동안 경민은 박스를 쌓는 일, 옮기는 일, 그리고 얼음 창고에서 빈 통을 채워 운반하는 일을 맡았다. 아니, 맡은 것이 아니라 일방적으로 주어졌다. 오전 중에 단 한 번 휴식시간이 주어졌는데 그것도 겨우 20분 정도에 불과했다.

"어이! 담배나 한 개비 피우고 오쇼."

사이렌 소리에 맞춰 강씨가 작업장으로 들어오자 박철수가 냉장실 뒤쪽으로 사라졌다가 들어왔다. 강씨처럼 술을 마시고 담배를 피우고 들어왔는지 녀석의 얼굴은 아침보다 훨씬 붉은빛이 감돌았다. 땅딸보 조계장도 두 사람이 작업 중에 술을 마신다는 것을 알고 있으면서도 사람이 늘 부족해 강력하게 제어하지 않는 눈치였다.

경민은 냉장실 뒤편에서 그들처럼 박스 사이에 앉아 느긋하게 담배를 피우고 화장실을 들른 다음에 힘든 노동 때문인지 더욱 담배를 피우고 싶은 욕구가 생겨나 한 개비 더 피우고 천천히 작업장으로 들어갔다.

"어이! 담배를 피웠으면 빨랑 들어와 교대를 해줘야재. 뭐하다가 이제야……."

"나도 사람이니 휴식이 필요하다는 것을 모른단 말인가요?"

"알지만은, 강씨 아저씨가 몸이 불편하니 배려가 필요하니까."

"그럼, 나에게도 그 배려를 베풀 수는 없는 건가요? 그리고 왜 나만 힘든 작업만 맡아야 하는 거요?"

"형씨는 이제 초짜니까 며칠간은 힘든 일로 몸을 만들어야재. 그라고 다른 일이라고 특별히 쉬운 것도 아니거든."

쥐를 생각하는 고양이와 같은 말투에서 술 냄새가 맡아졌고 경민은 더 이상 할 말을 잃어버렸다. 왜, 이름을 부르지 않고 기분 나쁘게 호칭하고 손가락질을 하는지 따지고 싶었으나 맞서고 싶은 의욕이 전혀 일어나지 않았다. 대화건 싸움이건 상대가 같이 호응해야만 실마리가 풀리는 법인데 박철수는 미꾸라지처럼 상황을 빠져나가 버렸다. 차라리 조만간 그 좋아하는 술이라도 마시던지, 자신은 없지만 서로 주먹질로 해결 방법을 모색하는 것이 더 효율적이라는 생각이 들었다.

녀석이 빈 얼음 통을 손가락으로 가리켰을 때는 내심 쾌재를 불렀다. 얼어붙은 얼음을 곡괭이로 떼어내고 다시 삽으로 얼음을 통에

긴 강에 띄우는 엽서

담아 작업장까지 운반하는 일은 박스를 옮기거나 쌓는 일만큼 힘든 일이었지만 그 누구의 시선도 없는 나만의 독립된 작업공간에서 여유가 넘칠 것 같았다. 오 분쯤의 간격으로 한 됫박 정도의 얼음이 천정에서 떨어졌는데 그 얼음이 쏟아지는 순간은 삽질을 멈추며 쉬었다. 물론 오래 쉴 수도 없었다. 움직이지 않고 가만히 있으면 금세 몸에 닭살이 돋으며 이가 떨렸다. 얼음 창고는 적당히 쉬고 적당히 일하기에 좋은 최적의 장소였다. 흐뭇한 미소가 입가에 번지는 것을 느꼈다.

"어이! 얼음 창고로 소풍 나온 거여? 얼음이 바닥나서 라인이 멈추게 되면 책임질 거여!"

얼음을 치고 있던 박철수가 달려온지라 경민은 깜짝 놀라며 부지런히 삽을 놀렸다. 채워진 얼음 통을 밀고 박철수가 사라졌고 경민이 생각했던 여유로움은 금방 초조함으로 바뀌었다. 트럭 한 대 분량의 작업이 끝나려면 얼음 세 통이 필요한데 얼음이 소비되는 분량과 얼음을 통에 퍼 담는 시간이 얼추 맞아떨어졌다. 작업중단이라는 박철수의 협박보다 어차피 얼음을 퍼 담는 일이 맡겨졌다면 꼴 보기 싫은 얼굴과 기분 나쁜 호칭과 손가락질을 경험하지 않으려면 열심히 삽질을 하는 수밖에 없었다.

오전에 쏟아지는 박스는 냉장실로 운반하고 오후에 쌓는 박스는 쇠갈고리를 이용하여 작업장의 빈 공간으로 옮겨 둔다. 닭의 주문처까지 소요되는 시간을 계산하여 냉장시설을 갖춘 트럭들이 박스에 담긴 닭을 싣고 전국의 도매상들에게 달려갔다. 오전의 박스는 작업장에 오래 방치하면 얼음이 녹아 버리므로 일단 냉장실로 운반했다가 트럭에 싣고, 오후의 박스는 작업장에서 바로 트럭에 실었다. 냉장실까지는 수레를 이용하고 작업장의 빈 곳에 박스를 운반할 때는 맨 밑의 박스를 쇠갈고리로 잡아당기면 매끄러운 바닥에 물이 뿌려져 있어 그 물의 윤활작용으로 운반이 가능했다.

아마 박철수는 오후에는 갈고리를 손가락으로 가리킬 것이다. 신참이라는 이유와 불공평한 작업의 교대 때문에 늘 힘든 일을 도맡았지만 무엇보다 힘든 것은 박철수의 무례한 언행이었다. 이름 대신 마치 기르는 강아지를 부르는 듯한 호칭과 삿대질에 참을 수 없는 불쾌감과 부당함을 호소했지만 그 못된 언행은 고쳐지지 않았다.

· · ·

일주일이 지나면서 작업이 몸에 붙어 익숙해졌다. 어쩌다가 얼음을 치는 쉬운 일이 주어지면 그것이 쉽다는 생각보다 몸에 맞지 않은 옷을 입고 있는 듯 생소하고 어색했다. 오히려 얼음 창고에서의 작업이 마음 편하고 아늑한 느낌까지 들었다. 다만 그녀의 얼굴을 볼 수 없는 것이 아쉬웠다.

서른 후반의 나이에 닭 가공공장에 흘러 들어와 얼음 창고에서 일하고 있지만 경민은 이곳에서 인기가 좋은 편이다. 작업의 특성상 여

긴 강에 띄우는 엽서

자들이 많지만 대부분이 펑퍼짐한 사, 오십대의 여자들 사이에서 그녀만이 잡초 속의 꽃처럼 환히 빛났다. 아줌마들은 모처럼 영계를 구경한다며 시간이 날 때마다 경민을 놓고 진한 농담을 풀어 놓으며 끈적끈적한 웃음을 피웠다. 더구나 경민이 총각이라는 사실은 아줌마들에게 더없이 좋은 입방아 감이 되었지만 그것보다는 힘든 일을 도맡고 있다는 것을 눈치로 알고 따뜻한 말을 건넸다.

그녀도 예외는 아니었다. 어느 날 점심을 먹고 자판기에서 커 피 한잔을 빼려다가 마주치게 되었다. 서로 인사를 나누고 그녀가 먼저 동전을 자판기에 넣은 후에 밀크커피를 뽑아 나에게 내밀었다.

"고맙습니다만, 나는 단 것을 싫어해서 프림커피를 마시는데……"

"그래요? 그럼 일단 들고 계세요."

그녀가 이번에는 블랙커피를 뽑더니 내 손에 들린 밀크커피 잔을 가져가 절반씩 섞어 하나를 내밀었다.

"이제 거의 프림커피가 되었지요?. 그런데 경민씨는 어째서 날마다 힘든 일만 하세요?"

"어쩌다보니…… 근데 어떻게 내 이름을 아세요?"

"아침 조회 때마다 출석을 부르잖아요."

몇 번이나 이름을 알려 줘도 기억하지 않는 박철수를 상대하다가 이름을 기억해 주는 그녀가 너무나 고마웠다. 처음으로 인사를 나누었지만 스스럼없이 커피를 뽑아 주고 힘든 일을 위로하는 그녀가 마음을 흔들었다. 경민은 자신의 마음이 그녀에게 젖어 가고 있음을 느꼈지만 고개를 세차게 흔들었다. 그녀에게 맡아지는 향기로만 만족하리라 마음먹었다. 그 생각이 바뀌게 된 것은 우연히 펑퍼짐한 여자들의 수다가 들려왔기 때문이었다.

"혜영이 저것 재혼 안한대?"

"글쎄, 남편하고 사별한 지 이 년이 넘었을 텐데, 젊은 것이 혼자 살다니 대단해."

"다른 여자들 같으면 열 번도 더 팔자를 고쳤을 것이여."

"어린 아들 하나 바라보고 산다는 것이 보통 힘든 일이 아닐 텐데 말이여."

"마누라하고 이혼한 박창수가 마음에 둔 모양인데 혜영이 년이 꿈쩍도 않는 모양이여."

경민은 그녀가 남편을 저 세상으로 보냈다는 말에 마음이 아프면서도 가슴이 뛰었다. 향기만이 아닌 그 아름다운 꽃잎과 잎사귀와 잔뿌리 하나까지도 다치지 않게 자신의 가슴에서 무성하게 키우고 싶었다. 커피 한 잔의 호의와 자신의 이름을 기억하는 그녀가 혹여 자신에게 관심을 가지고 있는지도 모른다고 기대하면서도 그 반대로 자신이 엉뚱한 생각에 빠져 있는 것은 아닐까 하는 생각도 미쳤다.

강씨와 박창수는 작업을 시작하기 이전에 수시로 술을 마시는 것이 여전했고 박창수의 버릇없는 손가락질과 호칭도 여전했다. 조회가 끝나고 후다닥 얼음 통을 채우고 냉장실 옆에서 담배를 피웠다.

긴 강에 띄우는 엽서

경민은 손가락질을 신호로 박스를 쌓다가 얼음 창고로 향했고 다시 얼음 창고에서 박스를 냉장실로 옮겼다. 그녀에게 관심을 갖고 있다는 박철수의 손가락질을 받을 때마다 그대로 달려가 그 손가락을 부러뜨리고 싶은 마음이 치솟았지만 어금니를 깨물며 참았다. 무엇보다 자신이 힘든 일을 도맡고 있다는 사실을 알아주는 사람, 그녀가 바라보는 곳에서 볼썽사나운 모습을 보일 수 없다는 것이 치미는 분노를 참게 했다.

　또한 서로 멱살을 잡고 주먹질을 하다가 곰 같은 덩치의 박철수에게 처참하게 맞기라도 한다면 구겨진 자존심을 회복할 수 없으리라는 판단도 들었다. 정의감에 불타는 사람이라면 부당함을 느끼면서도 바보처럼 참는 것보다 그것을 해결하기 위해서 주먹다짐도 불사해야 한다고 생각할지 모르지만 결과를 예측할 수 없는 싸움을 벌이기에는 위험부담이 너무나 컸다. 물론 그 부당함이 계속된다면 언젠가는 자신의 의지를 겉으로 나타낼 필요가 있다고 용기를 북돋았다.

　하루가 다르게 기온은 높아져 갔고 온도에 비례해서 작업량은 늘었다. 경민은 출근하면 얼음 창고에서 지내는 시간이 많아졌다. 작업량과 함께 얼음의 수요가 늘었고, 게다가 땅딸보 조계장은 홍길동처럼 수시로 나타나 닭이 변질되어 반품되면 급여에서 닭 값을 제외하겠다고 협박하며 얼음 치는 일을 지켜보곤 하였다. 작업량이 많아지면서 박철수의 손가락질의 횟수도 많아졌다. 그때마다 가슴속에서 불덩이가 활화산처럼 솟구쳤지만 애써 무시하고 그가 가리키는 곳으로 옮겨 작업했다.

그렇지만 언젠가는 그 버릇없는 행동을 기필코 고쳐 놓고 말겠다고 다짐했다. 기분 나쁜 호칭과 손가락질이 순간으로 끝나지만 그 여운은 오랫동안 마음에 각인되었다. 그 여운은 한 인간으로서의 자존감이었다. 자존이 무너지면 세상을 살아갈 버팀목이 무너지는 것과 다름없다. 경민은 금방이라도 훼손된 자존감이 어느 순간 한계에 이르면 스스로 감당하지 못할 돌출행동으로 표현될까 걱정했다.

경민은 눈치껏 먼저 얼음 창고로 향했다. 그때마다 박철수는 긍정 혹은 부정의 손가락질을 잊지 않았다. 가슴 부근에서 손가락 세 개를 가볍게 흔들면 긍정의 뜻이었고, 눈두덩 부근에서 좌우로 손가락을 힘차게 흔들면 부정의 뜻이었다.

얼음 창고는 빙하를 드러내기 시작했다. 늘어난 작업량 때문에 밤 사이에 만든 얼음으로는 작업을 충당하기에는 턱없이 부족했다. 밤새 만들어진 얼음이 저희들끼리 엉겨 붙었더라도 곡괭이질에 쉽게 떨어졌지만 묵은 얼음은 바위처럼 굳어 곡괭이질을 완강하게 거부했다. 손에 잡히지 않던 액체 상태의 물이 외부의 힘에 얼음으로 변모하여 굳건한 물체가 되어 경민의 앞에 버티었다. 부드러운 물의 변화처럼 경민에게도 강인함이 숨어 있어 박철수의 부당함에 맞설 수 있다는 용기가 치솟았다.

곡괭이질에 얼음의 파편들이 얼굴을 따갑게 만들었다. 경민은 얼굴을 훔치고 장갑을 벗어 얼음을 한 움큼 쥐었다. 손바닥의 차가운

긴 강에 띄우는 엽서

느낌은 금세 얼음이 녹으면서 차가움이 아니라 오히려 온기가 느껴지는 듯한 착각이 들었다.

힘이 들었지만 얼음 창고 안에서 마음만은 편안했다. 박스를 쌓거나 옮기는 일은 컨테이너의 속도에 따라 작업이 진행되었지만 얼음을 퍼 담는 일은 오로지 자신이 속도를 조절할 수 있었다. 물론 컨테이너의 속도와 박스가 밀려오는 속도에 따라 곡괭이질과 삽질, 그리고 얼음을 퍼 담아야했지만 다소간의 휴식시간을 확보하는 것이 가능했다. 콧잔등에 땀이 솟도록 얼음을 채워놓고 화장실을 다녀오거나 담배를 피울 수 있었다.

강씨와 박철수가 탈의실에서 술을 마시는 동안 잠시 박스에 얼음을 칠 때면 한 삽 가득 얼음을 부었다. 땅딸보 조계장의 갑작스런 출현을 염려해서가 아니라 얼음을 최대한 소비시키고 얼음 창고로 빨리 돌아가고 싶었다. 얼음을 치는 시간은 지루하고 시간도 더디게 흘렀다. 박철수에 대한 감정은 변함이 없었지만 그토록 싫었던 얼음 창고가 좋았다. 작업의 경험이 쌓이면서 차질 없이 얼음을 공급할 수 있었지만 박철수의 손가락질은 여전히 변하지 않았다.

작업이 위험하지 않아 안전사고의 위험이 없었지만 늘 긴장의 연속이었다. 그 긴장은 불쑥 들려오는 박철수의 호칭 때문이었다. 긴장이 얼마나 심각했으면 꿈에도 박철수가 나타났겠는가? 그동안 애써 무시하며 육체적인 고통은 감수하면 그만이라고 판단했지만 잠에서 깬 경민은 정신까지 피폐해졌음에 비애를 느꼈다. 이러한 사실을 그녀가 알게 되고, 만일 그녀에게 사람의 마음을 읽는 능력이 있다면 어떤 표정을 지을 것인지 생각하다가 문득 흐르는 눈물을 주체하기 어려웠다.

마지막 자존심이 무너졌다는 것을 인정하지 않을 수 없었다. 자신에게 떳떳하지 못한 사람이 그 누구를 사랑할 수 있다는 말인가? 박철수의 무례함에 반응하지 않음이 용기가 없는 탓일 수도 있지만 자신을 온전히 사랑하지 못한 것의 증거인지도 모른다. 자존감은 자신의 사랑이고, 그 사랑이 존재해야만 다른 사람도 사랑할 수 있음을 알았다.

냉장실에 박스를 옮기고 돌아오는데 사람들의 웅성거림이 들려온다. 닭이 밀려들던 컨테이너가 멈춰 있다. 어느 공정에서 문제가 발생했는지 30여 분 정도 작업이 중단된다는 안내방송이 흘러나온다. 희색이 만연한 근로자들이 뿔뿔이 흩어진다. 경민은 작업이 종료될 시간이 늦춰지는 것이 안타깝다. 그녀도 위생모를 벗어 작업대에 걸쳐 놓고 위생복 상의를 벗어 가지런히 개켜 놓는다. 추위에 상기된 복숭아 빛 그녀의 얼굴이 형광 불빛에 빛나고 분홍색 털스웨터가 꽃처럼 눈부시다. 여자들은 격렬하게 몸을 움직이는 작업이 아닌지라 추위를 막으려고 위생복 안에 두꺼운 옷을 껴입는데 위생복을 벗은 그녀의 모습에 경민의 시선이 떠날 줄 모른다.

그때 휴식, 아니 술을 마시러 작업장을 나갔던 박철수가 나타나 그녀에게 캔커피 하나를 내민다. 복숭아, 그녀가 배시시 웃으며 커피를 받는다. 박철수도 환하게 웃는다. 컨테이너뿐만 아니라 작업장의 온도를 자동으로 조절하는 제어장치도 고장이 났는지 더운 기운이 느껴진다. 두 사람의 다정한 모습에서 경민은 고개를 돌렸다.

"어이! 빈 얼음 통 좀 채워 놓고 쉬지."

어느새 다가온 박철수는 여전한 호칭과 손가락질로 경민의 신경을 자극했다. 기계의 고장으로 모두가 휴식을 취하는데 얼음을 채우라는 소리에 치미는 분노를 참기 어려웠다. 박철수는 주인의 음성에 반응하는 기계에 명령을 내리고, 그 기계는 완벽하게 명령을 수행하리라 믿는 표정으로 돌아서 밖으로 나갔다.

"경민씨, 이거 마시고 쉬었다가 일하세요."

박철수의 목소리가 귀에서 메아리치는 바람에 장승처럼 서 있는 경민의 앞에 천사 같은 그녀가 나타나 캔커피를 내민다. 얼떨결에 받아든 커피가 따뜻하다. 그녀는 커피를 건네고 펑퍼짐한 아줌마들이 휴식을 만끽하고 있는 휴게실로 나비처럼 팔랑팔랑 뛰어간다.

경민은 따스한 온기가 느껴지는 커피를 호주머니에 넣고 쉼 없이 얼음을 만들어 쏟아내는 얼음 창고로 향한다. 얼음 창고의 손잡이를 돌리자 찬 기운이 퍼져 나온다. 그 찬 기운에 얼굴이 시리지만 마음만은 따스하다. 그토록 싫었던 얼음 창고에 들어서자 마음이 차분해지고 편해진다. 고장 난 기계를 고쳤는지 사이렌이 울리고 작업위치로 돌아가는 사람들의 잰 걸음소리가 들려온다.

"어이! 지금껏 한 통도 못 채웠어?"

귀에 익은 박철수의 목소리다. 경민은 얼음 창고에서 뛰어나와 박철수의 멱살을 잡는다. 순간 박철수의 얼굴에 당황한 빛이 역력하다. 그때 작업장으로 향하던 그녀가 두 사람이 싸우는 모습을 목격하고 주변을 두리번거리더니 박스를 운반할 때 사용하는 수레의 받침용 막대기를 들고 뛰어온다. 그 막대기의 방향이 누구에게 향한 것인지 정확하지 않을 따름이다. 경민은 그녀와 얼음 창고를 지키려고 차가운 작업장 바닥을 뒹군다.

긴 강에 띄우는 엽서